刘振坤 著

一座城的青春交响

七十二座山峰
七十二条徐州汉子
雄立在城市的四周

所有的湖都是淡妆的少女
湖心幽静
睡莲在梦中吐露着芬芳
……

中国言实出版社

图书在版编目（CIP）数据

一座城的青春交响 / 刘振坤著 . —— 北京：中国言
实出版社, 2024.5

ISBN 978-7-5171-4820-3

Ⅰ.①一… Ⅱ.①刘… Ⅲ.①诗集－中国－当代
Ⅳ.①I227

中国国家版本馆 CIP 数据核字（2024）第 104306 号

一座城的青春交响

责任编辑：张　朕
责任校对：佟贵兆

出版发行：中国言实出版社
　　　地　　址：北京市朝阳区北苑路180号加利大厦5号楼105室
　　　邮　编：100101
　　　编辑部：北京市海淀区花园北路35号院9号楼302室
　　　邮　编：100083
　　　电　话：010-64924853（总编室）　010-64924716（发行部）
　　　网　址：www.zgyscbs.cn　电子邮箱：zgyscbs@263.net

经　　销：新华书店
印　　刷：徐州绪权印刷有限公司
版　　次：2024年6月第1版　2024年6月第1次印刷
规　　格：710毫米×1000毫米　1/16　14.25印张
字　　数：211千字

定　　价：68.00元
书　　号：ISBN 978-7-5171-4820-3

刘振坤

江苏省作家协会会员，江苏省评论家协会会员。作品散见于《扬子江诗刊》《雨花》《江苏作家网》等刊物媒体。已出版诗集《春天的约会》《时间与河流》；散文集《远去的岁月》《本色生活》；报告文学《一城青山半城湖》（合著）。曾获得《雨花》全国诗歌征文优秀奖，徐州市"五个一工程奖"等。

目　录

第三辑　旅　痕

第四辑　短　章

第一辑

长

调

新时代的青春交响

——献给徐州解放七十周年和改革开放四十周年

序曲

曾经 大河汹涌 泥沙骑着烈马呼啸而来
七十二座山峰 在洪水中如飘摇之舟
面对狂风巨浪 一个叫尧的智者以人的尊严向洪水宣战
从此 他日夜不息地行进在巨浪的边缘

那一天大雨如注 那一天他在疲惫困顿中突然倒下
是健壮勇武的彭铿射杀野鸡捧来甘泉
从此一碗温润生命的热汤
孕育了大彭国的锦绣河山

时光延展 河流不断变迁
三十六岁的刘邦在咸阳初见始皇帝 他驻足远望 感慨无限
多年以后 始皇帝的豪华车队在秦梁洪缓缓停住
那个象征着权力的巨鼎 依然在神秘中写着自传

再后来 六十岁的诗人唱着《大风歌》回到泗水河畔
从此 一个叫华夏的民族有了汉语汉字汉文化
两千多年过去 从这里诞生的国度始终生生不息绵绵不绝
让一个伟大的民族屹立在东方之巅

历史中的徐州 沿着时间的维度 是一场场征战
四百多场烽烟 四百多次生生死死的循环往复
这个英雄的城池 一次次被嘶鸣鲜血浸染
而无数诗句就在荒城之外诞生 给枯萎的荒原增加一些灵性与质感

那个唐代青年 [1] 让燕子楼 [2] 的秋夜月华如水
那个在云龙山下醉卧的诗人 [3] 让巍峨黄楼屹立在黄河的南岸
还有那个元代青年 让彭城的岗岭在斜阳里呈现血色般的庄严
……
直到一代伟人毛泽东大步登上云龙山麓
望着一座座童山 发出了"要绿化荒山"的宣言
此后的徐州 山一天天变绿 水一日日变清
天高地远 英雄的土地 以光荣的历史让每一个人倍感温暖

一、一缕春风过墙来

整整四十年前 一场现代版的大风歌在这块土地上演
从此 这个被战争与灾难洗礼过无数次的光荣城市
开启了改革开放的航船
号角吹过 千帆竞发 大地之上 尽是劳动者的汗水与誓言

风从工厂吹过 技术小组正在夜幕下联合攻关
风从农村吹过 联产承包责任制让农民有了神圣的责任感
风从商店吹过 一个个承载生活希望的小篮子渐渐被商品装满
风从校园吹过 借着夜灯 莘莘学子仿佛看到了美好的明天

[1] 指白居易。
[2] 为徐州五大名楼之一。唐贞元年间，朝廷重臣武宁军节度使张愔镇守徐州时，在其府邸为爱妾关盼盼特建的一座小楼，因其飞檐挑角，形似燕子，故名。
[3] 指苏轼。

一定有人记得自己第一次看到电视时的激动与泪水
也一定有人记得第一次坐在文亭街喝着饮鹤泉啤酒时的幸福感叹
多少人站在村口远望　外出打工的亲人正走在归乡的路上
还有一车车新鲜富足的水果蔬菜　从乡村走向市民的厨间

时光不负人心　通往乡村的公路上有了第一个公交站点
那些从来没有出过远门的乡亲们老泪纵横　奔走相告
正在稻地里拔草的少年　远远看见邮递员微笑着向自己走来
他顿时泪奔　借着这一抹绿色的光影　大学之路已在他的眼前呈现

二、一条路在雪后的阳光下无比庄严

"知道吗？徐州要修三环路啦！徐州城将扩大一倍。"
如炸雷一般的消息在古老的彭城上空迅速传遍
让 1991 年的夏天变得更加骚动　就连雨水也如此多情
许多人早已等不及　站在骄阳下寻找着哪儿是起点哪儿是终点

那年的热浪不会忘记　一位女青年捐出一万元后悄然而去
一位老太太将积攒多年的 300 元零钱全部捐献
还有一位刚装修完婚房的年轻人　毅然和自己的新房挥泪再见
就在那一年的初冬　8000 余人的建设大军开进荒野
55 公里环线上浩浩荡荡　一场艰苦卓绝的鏖战在风雪中上演

静夜中的月光记得　多少人病伤不下火线
晨光中的树叶记得　是谁三过家门而不入
为了这条康庄大道早日完工　那个木讷的小伙子将婚期一再推延
当历史定格在 1993 年 5 月 3 日　是谁抑制不住泪水涟涟

后来　徐州的路越来越宽　让徐州人走得越来越远
最喜环城高速的黄昏与黎明　美丽的倩影让大地惊叹

当东环北环西环高架横空出世　徐州之路开始向天空伸展
忘不了那个难忘的冬天啊　一条路在雪后的阳光下如此庄严

三、我看见金龙湖的夜色如此灿烂

历史上的那一碗热汤　熬出了古徐州厚重的文化积淀
从那一刻起　徐州人的骨子里便充满了热烈与豪迈的情感
1992 年 7 月　徐州东的一片土地上鞭炮齐鸣
"自费开放"的决心　让徐州人找到了跨越发展的奇点

一年一小步　十八年励精图治大发展
猛然间　徐州已站在国家级开发区的新起点
当那些浸满汗水的数字变成美丽的图表　园区人终于明白
只有不断把成绩放在身后　才会有崭新的明天

不必追问　是谁在不停地流汗　是谁累倒在生产线
田野里　厂房里　校园里　建筑工地上
处处都是改革创新的乐园
"五加二""白加黑"　这就是创业者写给时代的答卷

多少年了　每一次走进园区　都会有新的发现
大运河汽笛声声　河水倒映两岸的春天
宕口公园里　秋天已将斑斓的色彩幻化到极致
当黄昏把我带进月辉之下　我看见金龙湖的夜色如此灿烂

四、铁臂与蓝天

"我是煤　我要燃烧"五十多年前　从百里煤海的徐州
孙友田唱响了一代矿工献身祖国煤炭事业的壮语豪言
从此　煤建路上的人越来越多　风云际会

一口口矿井不断诞生　成为徐州工业茁壮成长的摇篮

当一列列煤炭运往大江南北　煤层上的大地却在慢慢沉陷
灰色的土地　灰色的河流　日渐成为徐州的污点
大地在一天天撕裂　资源趋向枯竭　当十六口矿井一一关闭
数万人的命运　给这个城市带来了巨大考验

痛定思痛　徐州人发起了一场转型突围的"新淮海大战"
退二进三　绿色发展　坚毅中徐州人勇敢向前
要干　唯有埋头苦干　当六大千亿元产业目标初步实现
"徐工徐工　祝你成功！"已成为大美徐州最亮丽的名片

啊！铁臂与蓝天　这是徐州奉献给新时代最壮阔的交响
全球第一吊　神州第一挖　早已不是神话
智慧城市　人机交互的大数据正飞向云端
新能源神采奕奕　它发出了时代的最强音——
改革创新路上　徐州要紧在前　走向前

五、一位老人站在阳台上泪流满面

如果可以回到 2009 年的夏季　如果那一天暴雨如注
在下洪小区 [1] 人们叹息的一定是那些潮湿与阴暗
几十年了　恶臭和蚊虫让低矮处的生活变得毫无尊严
而枕着故黄河的流水声　久藏于心的新房梦从未间断

终于有一天　下洪人搬进了属于自己的新房
一位老人站在明亮的阳台上望着远方　回首间已是泪流满面
悲喜转换　一个个刻骨铭心的瞬间见证了棚改之路是何等艰难
而让群众幸福满意　是检验一个城市治理者的唯一标杆

[1]　指位于徐州市复兴南路故黄河沿岸的一片棚户区。

数字可以复活实践　自棚改实施以来
全市已实施改造超过 1 亿平方米　帮助 52.6 万户居民完成了心愿
啊！　望得见山　看得见水　记得住乡愁
崭新的生活视野　让共享改革成果在徐州有了最好的注言

时间无声　改革的实践却一直在路上
棚户区改造模式之外　医改让看病难看病贵发生了深刻巨变
分级诊疗　签约服务　社区养老
借助互联网的强大功能　医疗服务打通"最后一公里"的服务短板

农村大病医疗保险　职工医保补充保险　城乡医保全覆盖
一步一个脚印　一年一个台阶　"五大中心"托起了徐州人的健康梦
当一句句暖心的话语　一次次贴心的服务成为习惯
那闪烁着红色光芒的笛声　正是接引患者从危难到平安的航船

六、好人园坐落在云龙湖畔的珠山绝佳处

好人园坐落在云龙湖畔的珠山绝佳处　纯净的湖水是她深邃的眼
漫步在好人园里　24 尊雕塑背后的故事早已触动心灵
五颗红色的心意味着大爱与情怀　美德柱高耸　爱心墙凝重
这文明高地的光芒　辉映着云龙湖每一个夜晚

那个叫石头让路树苗前行的人　最喜欢手上滑落的鸟鸣
每当杜鹃飞过　他身后的森林都会长出一片又一片
此刻　他正坐在石头上　一遍遍重温初心和誓言
有一天他指着自己的雕塑说　我看他怎么像刘开田

见到纪凤银是在一个秋天　白大褂的映衬让他充满尊严
虽身躯瘦小却顶天立地　52 年行医路　多少风霜雨雪　挫折与艰难

可他心里只有两个字：病人 还是病人
他的庄名叫石碑村 如今 他也将自己立在了云龙湖畔

"一定要照顾好那几位孤寡老人" 这是周长芝母亲的遗愿
于是她辞去公职 建起了养老院
忘不了最后的时光 当那些孤寡老人紧紧拉着她的手
那一刻 时间停滞 老人西去的安详 成为对世间最好的礼赞
…………

七、地铁在黑暗中穿行

能够响彻大地的歌声 莫过于盾构的轰鸣
前进 前进 夜深沉 所有的电弧火花都是命中注定
虽不习惯被改造的命运 但在盾构面前
岩浆与流沙还是一步步后退 后面不再是无尽的黑暗

四壁光滑的浑圆穹顶 完美无瑕的弯道弧线
一条巨龙穿越时光的幸福隧道就这样从容破茧
此刻 吹响号角的还有那些手持数码工具的当代工匠
在他们的眼里 心有多大 未来的舞台就有多宽

穿越时间 须要战胜黑色带来的痛苦
面对那些深埋泥土中的历史往事 唯有走进地心深处
用心灵去聆听 用温热的手臂去触摸
才能找到通往黎明的起点

徐州人的胸怀够远大 三条线同时开进 你追我赶
虽然已是初冬 无名山公园的地铁工地上依然机器轰鸣
此刻 塔吊正在阳光下呼唤盾构的乳名 这样的情景多么难忘啊！
一个在晨曦里遥望远方 一个在黑暗中锻造无悔的誓言

八、城市文化客厅的密码与因缘

就在这个秋天　潘安水镇上的一棵金桂馥郁满园
许多人跨过诗圣桥沿着诗仙河闻香而来——"郑愁予手植树"
六个大字闪烁在阳光下的庭院　就这样我也来到了徐州诗歌图书馆
我看到了洛夫题名的"诗耕堂"　余光中宏论英雄徐州的金色牌匾

岂止是水镇　在徐州　每一条街巷绿地广场都在诠释着诗的内涵
云龙山北坡的诗歌灯柱　沉睡廊道西侧的诗博园
泄洪道南岸的诗歌长廊　现代的古典的婉约的豪放的都一一呈现
啊！这诗歌之城　文学之都　书法名城　这一片土地何等伟岸

也是这个秋天　怒放的菊花沿着回龙窝文化街区的老井沿开遍
古老的城墙和枣树在夕阳下静静思索　寻找着与现代故事的节点
这样的寻找　让手创者工场门前的枇杷树尤其茂盛
正是那些绿色拨开历史的迷雾　让非遗传承与手工找到了今世前缘

谁解城市文化客厅的密码　是否隐藏在二十四小时城市书房中
是否隐藏在淮海大战中的那一节小竹竿里面
这被七十二座山峰环绕的城池啊！　正沐浴着诗情与神性的温暖
只要唱着《大风歌》就有了雄浑铁胆　就有了文化徐州的一往无前

九、一个村庄的升旗盛典

3月1日早晨　马庄　潘安湖神农码头早早地走进了春天
这是我外婆的家乡　此刻　男女老幼脸上洋溢着幸福
国歌声响起　马庄人迎来最庄严的时刻——
与冉冉升起的朝阳一起　开启一个村庄神圣的升旗盛典

一位七十岁的汉子特别激动　国歌声中仿佛回到了从前
30 年前的冬天　诞生了"苏北第一支农民铜管乐团"
从乡村演到城市　从国内演到国外　从小舞台演到大舞台
7000 余场次的演出　吹出了新一代农民的力量和尊严

2017 年 12 月 13 日　潘安湖水笑容浪漫
习近平总书记来到马庄老百姓的身边
亲切的关怀　像春风一样温暖
殷切的教导　深深烙在马庄人的心间

"全国文明村""中国民俗文化村"……
光荣属于过去　马庄人将继续埋头苦干
产业兴旺　生态宜居　乡风文明　治理有效　生活富裕
现代化乡村图景一定会在祖国大地实现

十、一城青山半城湖

十月的内罗毕　雨季还没有结束　湿润的空气中草香弥漫
带着千万徐州人民的重托　一个光荣团队不远万里踏上了非洲高原
面对神圣的联合国人居环境奖牌　徐州人激动万分
他要和"地球村"里的所有人　共同分享生态修复和固体物处理的经验

为了这一刻的到来　徐州人准备了三年　不——准备了六十多年
从铜山汉王镇"三华"在小红山上栽下第一片绿
到 2007 年开始的两次进军荒山　在钢钎篮子泥土的执着中
徐州人硬是用凿子　在石头上创造了一个森林城市的奇观

若问徐州人获奖的理由　数据里自有答案
2017 年徐州市森林覆盖率 30.12%　荣获全省第一的桂冠
400 余座荒山绿化全覆盖　处处都是绿色的家园

实施采煤塌陷地复垦治理 4.48 万亩

工矿废弃地复垦治理 3.39 万亩　昔日的不毛之地　如今流水潺潺

……

"徐州的美是藏着的"一位作家深情赞叹

那美就藏在音乐厅飘逸出来的浪漫琴声里

那美就藏在珠山宕口公园的红叶里

那美就藏在九里湖潘安湖小南湖荡起的涟漪里

当北雄南秀之俊美呈现出新美的画卷

大美而辉煌的徐州啊！谁能不为了这期盼已久的幸福而赞叹

而"徐州更像杭州了"这是新时代对徐州的点赞

自豪而自信的徐州人啊！又一次站在新的起点

十一、徐州之梦

四十年的改革之路　多少青春和人生曾经风云激荡

那些留在记忆深处的燃情岁月感动过多少个黄昏与夜晚

四十年的磨砺　四十年的披肝沥胆

历史不仅记下了创业时的艰难　还镌刻下收获时的美好瞬间

展望未来　英雄的徐州人将永远在路上　一马当先

建设淮海经济区中心城市的路上有你有我

高质量发展的崎岖道路上有你有我

解放思想打造亲清营商环境的奋斗路途上有你有我

啊！徐州　徐州　如果可以　请允许我站在高高的云端

俯瞰徐州大地　五年　十年　三十年　徐州将会是怎样的灿烂

那一刻　米字型高铁梦已经实现　观音机场将有更多的国际航线

那一刻　云龙书院的读书声更加响亮　带着汉魂飘向宇寰

啊！徐州 徐州 如果可以 请允许我向大地深处勘探
那一刻 一条条巨龙正幸福自由地穿梭在城乡之间
那一刻 下水道电缆线热力管网的空间已变得更亮更宽
那一刻 沿着"一带一路"徐州的产品将送达地球的另一端

雄性的 温柔的 神奇的 伟岸的 红色的徐州
文明的 幸福的 环保的 宜居的 优美的徐州啊！
我已抑不住自己的感动 我承认 你是我永恒的血脉之源
我有一个梦 未来的智慧徐州一定会青春不老
那时 我将借光和热 一遍遍讴歌你的灿烂与辉煌

英雄的城市　英勇的人民

引子

大雪时节的徐州大地　是谁温暖了丁酉年那个神话般的冬天
吉祥如意的雪花从北方赶来　一路上歌声不断
那一刻　行进在路上的　还有人民领袖[1]坚定豪迈的脚步
八千里路云和月　五千年文明纵横　未敢闲

过往的风云际会　注定要留下许多无法磨灭的记忆瞬间
就在丁酉年最质朴的时钟上　留住了十二月中旬的难忘两天
由此铺展的笑声　在工厂里飞扬　在乡村间荡漾　在湿地上盘旋
而对英雄永恒的纪念　在红色基因流淌的凤凰山下无比庄严

时光飞逝　庚子年的新春在期待中走来
只是迎春的雪花尚未落下　一个幽灵般的恶魔却突降人间
于是　从徐州到武汉　一批批白衣战士开始了逆行之旅
那一刻　他们不免有一丝慌乱　可正是这慌乱让生命充满了尊严

雪莱说：冬天来了，春天还会远吗？
是的　从丁酉年大雪到庚子年立春　没有一个春天不会到来
这一切　足以让我们为这片充满幸福的热土而倍感自豪

[1]　2017 年 12 月 12 日至 13 日，中共中央总书记、国家主席、中央军委主席习近平到江苏省徐州市考察。

一座城的青春交响

致敬！ 你这英雄的城市 英勇的人民

一、金秋时节，大礼堂的台阶上有思考者走过

这是秋天里一个极为平常的日子 又是一个令人兴奋的日子
什么是区块链 此刻 一个个新概念依然在空阔的大礼堂上空跳跃
在通往广场的大礼堂台阶上 那些习惯思考的人们步履缓慢
不远处 国旗在夕阳里闪烁着光芒 默默的脚步声恰似无悔的誓言

"提升能力，引领淮海"——徐州市领导干部大讲堂弦歌奏响
两年的光阴 33 场头脑风暴 让徐州人的视野变得更加宽广
阿基米德说 给我一个支点 我将撬动整个地球
而如今"决战决胜 一往无前"已成为徐州崛起的精神支点

于是 在文明城市创建的艰难跋涉中
众多机关志愿者 站成了一道道美丽的风景线
明亮的行政服务大厅里 昔日的惶惑与忧郁 变成了灿烂的笑脸
"决不让老百姓跑第二趟""公仆"们给出了响亮的答案

当时空的变化和一个人的体温和谐共振 在微笑的时光里
老百姓与服务柜台的距离 意味着人民对党和祖国的情感
那些充满灵性的表格 衣袂飘飘的数据 证明了美无处不在
而践诺 是一个人灵魂的自我叩问 是美德与诚信的源泉

二、产业振兴路上，一抹尊贵的中国红

2019 年 9 月 19 日 尊贵的中国红在徐工道路的广场上显得如此耀眼
望着献给新中国 70 年的珍贵礼物 "土博士"毕可顺早已泪水涟涟
这是技术领先之红 这是"用不毁"金标准之红 更是信心之红啊
为了这争气的中国红 一代代徐工人扛起责任 一往无前

是梦想就值得被尊重　是梦想就值得被珍藏
这赤子之心　爱国之情　强国之愿　已在那一抹亮色中呈现
何止是徐工啊　那些辽阔的恢宏的伟大的甚至最朴素的梦想之花
已开在徐州高质量发展之路上　她们姹紫嫣红　她们争奇斗艳

那梦想来自金龙湖畔的创新谷　电动汽车半导体开启了新的产业链
那梦想来自高新区的磁悬浮列车　威龙静卧　正等待飞跃的一天
那梦想来自云谷小镇　背依青山碧水　年轻的创业者们只争朝夕
那梦想来自淮海科技城　二次创业　绘就了幸福美丽的新泉山

从产业振兴到转型升级示范区建设　徐州人披荆斩棘
一核五沿的空间布局"三大样板"的发展定位　徐州人有魄力
当沿着历史的维度梳理徐州产业演进的历程　明日的辉煌可期——
中国老工业基地全面振兴　资源型城市转型发展的典范

三、瑞雪中，雕塑家马小林与孟庆喜的精神对话

食品城　小马哥铁艺空间的橱窗外　一场大雪正纷纷扬扬
炭火前的马小林　对着最后一幅样稿　陷入久久地沉思
这样的情景已重复多次　此刻　他已安抚好心中那只豹子
意象的热流将在冷却之后　以青铜的凝重表达对马庄的敬意

就在3月1日　孟庆喜走进好人园　望着自己的雕塑百感交集
多少个黄昏与清晨　隔着云龙湖大运河潘安湖的烟波　他热泪盈眶
面对初心和誓言　自己没有辜负家乡和心灵的那一片田园
此刻的马小林　正在飞往尼泊尔的路上　轰鸣中他听见一声赞叹

如今　孟庆喜脚下的这片土地　每天都吸引着数千人前来参观
虽已成网红打卡之地　马庄人的日子依旧真实而平凡

她还是那个把升旗仪式看作比自己生命还重要的马庄
她还是那个把振兴乐章吹得荡气回肠 风雨无阻奔向小康的马庄

香包装满好日子 可王秀英老人心中还深藏着一个更大的心愿
——制作一个最香最美最靓的吉祥包 献给祖国幸福美好的明天
更多的年轻人已踏上新的征程 未来可期——
田园马庄 宜居马庄 文化马庄 水韵马庄 新时代的美丽马庄

啊！请记住这最朴实的语言
一马当先的勇气 跃马扬鞭的速度
马不停蹄的毅力 马到成功的效率
从无声的坚守 到唱响大江南北 马庄人不断向前，向前

四、午后 于青山塔上眺望京杭大运河

午后 于青山塔上眺望京杭大运河 一下子被巨大莽撞的河湾震撼
时间与河流 因为秦始皇对青铜鼎的迷恋 在这里永恒交错
从此 澎湃之水汹涌直下 秦梁洪的名字嵌入在历史深处的一端
两千多年过去 多少骨殖被河沙掩埋 秦梁洪处河畅民安

俯瞰这壮阔的河流 无论逆流或顺流 津浦铁路的雄姿都堪称经典
108 年的历史虽然短暂 却让这钢铁巨龙的意义更加凸显
借着蒸汽机的驱动 人流货物兵马跨过几经萧条的河流南来北往
流动 让那个人心慌乱的年代 平添了些许离别之后的温暖

逆流而上 我看见蔺家坝上空的白鹭正在翩翩起舞
一路飞来的精灵 借着微山湖的碧波 从淮海第一关掠过
此刻 她们不仅关心粮食与水质 命运之途 应有祝福
于是她们还看到 等候过闸的船老大们 在为她们的努力点赞

大河清明　最喜欢记住那些细小的角落　以及业已消失的身影
比如　北洞山汉墓里那个期待复活的人　荆山桥边拉船上山的大汉
那个曾经在窑湾青石板上打更的人　如今又有了喝酒钱
还有在刘山闸守望灯塔的人　他甚至听到了风浪中传来的号子声

五、《贾汪真旺》与《苏北花开》：美丽乡村的诗意表达

沿着一条大河　就能够走进高党村　走进卧龙泉的深处
也可以选择阳光灿烂的午后　面对闪烁霓虹的喷泉　等待灵感浮现
有时会遇见书里的人　他们憨厚一笑　像故黄河的水一样淳朴实在
有时跟着花香信马由缰　走着走着就到了后院　女主人一脸灿烂

曾在三月的细雨中　去大沙河边的百年梨园
一场场笑声的盛宴里　正好倾听自然与丽人的攀谈
也是在三月间　新沂时集镇的万亩桃园里正春风浩荡
对着一树燃烧的嫣红　竟写不出半个字　便发誓下辈子做一棵桃树

而在邳州铁富镇的银杏园　11月的浪漫　由时光隧道的幻想开启
金黄色的叶子让霞光失色　打卡者思绪飞翔　时空仿佛已经倒转
也有人选择与山林湖水为伴　去汉王镇的紫山村寻找玫瑰的踪迹
赠人玫瑰　留有余香　回忆美丽且伤感　请记住最初的誓言

已亥的深秋　悬水湖碧波荡漾　倪园村的古井正享受静谧时光
知道了吗　倪园村被评为省级美丽乡村啦　消息由喜鹊传来
面对徐州的唯一　它们唱起了"美丽乡村如斯夫"的歌谣
时光飞逝　孔夫子的牛车早已走远　若旧地重游　定当击节赞叹

六、穿过幽深　聆听1号线的抒情诗篇

"能够响彻大地的歌声　莫过于盾构的轰鸣

前进 前进 夜深沉 所有的电弧火花都是命运中注定"
这是我曾经的文字 如今 电弧火花已蝶变成简约精美的地下宫殿
1 号线的辉煌乐章 在 9 月 28 日 9 点 轻轻滑过命运的第一站

历史会记住这一天 沿着 1 号线 前来打卡的是一张张笑脸
吉祥物徐宝收获满满 一位地铁建设者 给她展示了女友的照片
那一站站的风景 是恋人的牵手 是夫妻的相亲相伴
孩子拽着爷爷奶奶的胳膊 让那些晃动的前行 有了坚定的意涵

请记住这样几个节点吧：2014 年 2 月 13 日开启工程试验段
2015 年 12 月 2 日首座车站金龙湖站主体结构封顶
2018 年 1 月 28 日实现全线洞通 一条巨龙破壳出茧
2019 年 6 月 5 日进入试运行 徐州骄傲地跨上了地铁的门槛

而这 不只是徐州的大事 淮海经济区由此开始了地铁新纪元
一对从萧县前来体验地铁的情侣说 这也是属于我们的地铁
一位刚出站的宿州人说 再过几年 坐着地铁回宿州不再是梦幻
对于渴望回家的人来说 1 号线是一段回忆 是穿过幽深的抒情诗篇

七、这一年 你经历过多少快闪

站在岁末的边缘 回望新年第一轮冉冉升起的朝阳 仿佛还在眼前
这一年注定无法平静 亲爱的祖国 风华正茂 大海扬帆
这一年的徐州 风调雨顺 高质量发展奏响最强音
这一年的徐州 有许多美丽传奇 一次次相逢 一次次激情快闪

那是彭祖楼下 沛筑一曲穿越千年
那是汉文化景区《大风歌》荡气回肠起云烟
那是音乐厅前《茉莉花》旋律划出人间最柔美的曲线
那是红色血液流淌的淮塔陵园《我和我的祖国》正口口相传

难忘四月的睢宁　水袖舒展　花径间的鸟鸣敲响第一粒音符
童声中　祖国至上　那些缓慢的脚步　以目光的凝聚为祖国祝愿
也是在美丽葱茏的四月　金龙湖畔花香正浓
青春的力量青春的色调　让最年轻的街道在歌唱祖国的激情中爆燃

九里山前古战场　锦园社区的老百姓背倚青山　唱响祖国之恋
遥望中心商圈　第一高楼的穹顶之下　多少盏华灯为祖国点赞
还有中心医院的白衣天使　三院大厅里与癌症斗争的女病友们
当伴奏响起　关于生命与幸福　她们以和声给出了最响亮的答案

八、书声白云间　你有过怎样了的"遇见"

四季的云龙山　落叶林的呼吸平静而自然　一枯一荣　岁月静好
每到周末　去云龙书院听课已成为许多市民的习惯
谈诗词歌赋　论经国济世　倡民生民力　笑问大江大河之狂澜
于是　在茶的袅袅余香中　上下五千年　看云舒云卷

一些人会在华灯初放时刻　走向云龙山下的二十四小时城市书房
无论春分大雪　芒种冬至　这里都有一场关于人生与文学的盛宴
讲台上的授课人侃侃而谈　或激越　或沉吟　或遥想远古岁月
此刻　窗外月华如水　书房内忽而桃花盛开　忽而大雪落满人间

悠久的历史　厚重的城池　让这座古城的文脉始终得以绵延
"书香礼赞新中国 阅读追梦新时代"读书让徐州人的目光看得更远
书香校园　书香机关　书香企业　书香家庭……
这满城的书香花香墨香　一进入画框辞赋时　便有了幸福的质感

也是在某个午后的云龙山麓　抬头间"遇见书店"进入眼帘
多么美好啊！　那一刻　温润的泉水注满心间

这充满浪漫与温度的名字　让一个城市的文化品格多了一个关注点
此后的文化徐州崛起之路　一定会涌现出更多充满诗意的"遇见"

九、期许一座幸福的城池

2019 年 11 月 25 日　南方重镇广州　北风一级　多云转小雨
就在这一天　历史名城徐州再获殊荣——"中国十大最具幸福感城市"
幸福从哪里来？　徐州人的回答掷地有声
从产业转型从全面振兴中来　从增进民生福祉从绿色生态中来

而幸福　就藏在徐州人的眼眸中　就包含在徐州人的呼吸里
她是徐马中的快乐跑　在最美的赛道上　和好友一起分享时间
她是沿湖农场一粒幸福的粮食　在秋日的私语中　听虫儿呢喃
她是云兴小学轮滑少年优美流畅的转身　风中摇曳着纯真的欢颜

她是钟鼓楼每天清晨的第一声钟响　声音过后　一碗饣它汤暖人间
她是一场准备已久的朗诵会　轻轻地闭上眼睛　就是春暖花开
她是一首火遍大街小巷的歌谣　"走遍五州　难忘徐州"
她还是徐盐高铁上的一条条钢轨　时刻等待着复兴号发出的呼唤

十、最美好的祝福

里尔克说：你曾经是幸福的　在春天或者在梦里
而在徐州　即便做一棵树都是幸福的　因为每一棵树都充满梦幻
做一条河是幸福的　每日清流四方　静谧中清欢无限
做一座山是幸福的　宕口青青　每一条沟壑都绿意盎然

如此　以幸福的名义　我要祝福每一个创造与守护幸福的人
在庚子年风雪中夜归的警察兄弟　我祝福你
在社区门口志愿服务的亲人们　我祝福你

英雄的城市　英勇的人民

在空旷的街道上手持扫把有些惊恐的物业人 我祝福你

九位坚守了十四个昼夜的司机师傅 我要祝福你
走在复工归途上的兄弟姐妹 我要祝福你
守在电脑前播撒希望种子的辛勤园丁啊 我要祝福你
还有倒在卡口的小厉兄弟 我不流泪 愿你在天堂的路宽阔平坦

我要祝福你啊！ 疫情中坚守岗位的电厂职工
我要祝福你啊！ 严寒中抢修阀门的燃气工人水厂工人
我还要祝福你 居家隔离的守望者 你们让幸福有了更深刻的内涵
我还要祝福 祝福那些从死神面前走出来的人们 祝你们永远平安

今夜如此宁静 今夜月华无边
幸福的人们啊
愿时光不老
愿你们前程无限 舞出精彩的每一天

你好，小康徐州！

——写在徐州小康时光体验馆开馆之际

题记

一个梦 当她不停地穿越四季 跨过万水千山

绕过开满南瓜花的篱笆 选择在一缕炊烟里定格

那些非虚构的故事 都将被置于璀璨之巅

从田野里走来的所有麦穗谷子与鸟啼 在中央 CBD 的玄色里

幻化成一条迷人的走廊 如同跋涉者的脚步

自下而上 旋转升腾 光与影述说着历史的每一个瞬间

哲学已沉浸在古旧的物件之中 乡愁抵达 内心落泪

生活不再仅仅是钢筋工油漆匠下的粗糙概念

智慧在云端闪烁 美丽的乡村田野河湖草地连着现代梦工厂

无数的圆在交汇 你的梦 他的诗 她的情 我们的远方

"民亦劳止，汔可小康"——《诗经》里的小康已词不达意

当你伫立在 1 号线、2 号线地铁站的交汇处 城上城的记忆起点

有巨幅楹联描绘的列车正通往幸福的港湾

这个雄性飞扬的城市啊！ 我知道 此刻最温暖

就在蓝天白云之下 一个跨越历史长河的洪亮声音响起——

你好，小康徐州！

一、梦，从北京的一个初冬开始

1979 年 12 月 6 日 北京瑞雪早 巨龙般的长城已是银装素裹
这一年的中国 百废待兴 这一年的北京 街道显得空旷寂寥
有朋自远方来不亦说乎 总设计师向世界敞开宽广的胸怀
交流 借鉴 火花中有宏图浮现
对话中"小康之家"的梦想诞生 共和国开启了最宏伟的实践

这一年冬天 14 岁的我穿着漏风的单裤在大黄山中学读初一
望着课本上的天安门 却不知道她距离我到底有多远
这一年 煤油灯还在努力睁大眼睛 有月色照在晚学的路上
这一年 我没有添加新衣服 开春就要出嫁的姐姐还差嫁妆钱
也是这一年 牛场里 肥膘最多的一堆母猪肉异常抢眼

一年又一年 沿着铺满荆棘的道路前行 迈过几多沟沟坎坎
那个从雪山草地里活下来的人 最珍惜与粮食的情感
那个从千疮百孔中走来的人知道 要让老百姓看到希望 唯有凤凰涅槃
多年以后 选择真理还是谎言 已不再困扰心头
"发展是硬道理"白纸黑字里 是无悔的追求与崇高信念

后来许多年 带着父亲坐高铁去北京看鸟巢 看暮色中的大剧院
一路走来 老人家看到了"全面建成小康社会"的美好明天
再后来"两个百年目标"确定 多少人热泪盈眶
那一刻 九千万坚定的灵魂举起右手 默念着不忘初心 一往无前

是的"历史只会眷顾坚定者、奋进者、搏击者"
唯奋斗与磨砺 新时代的小康徐州 才有了最豪迈的答案

二、小康路上，我看见脱贫致富的汗水如此璀璨

庚子年末伏的最后一天　阳光热情地洒在后六段村的粉墙黛瓦间
望着村中整修一新的柏油马路　支部书记徐龙飞内心感慨万端
此刻　鸟儿们正在村口的林间欢唱
盛开的硫黄菊　不断琢磨着"小瓶子　大世界"的深刻内涵

从"省级经济薄弱村"到"中国淘宝村"　再到"文明富裕村"
五年五大步　每一次跨越　都浸透着心血汗水交融的无悔无怨
因病致贫的冯亚军一家忘不了　是他顶风冒雪前来嘘寒问暖
面对污水四溢的臭水沟　他发誓要给后六段村民一个干净的家园

强筋壮骨　以扩大集体经济为突破点　让老百姓挺直腰杆
脱胎换骨　以电商为支点　让小玻璃瓶插上信息时代的风帆
2016 年定贫　2016 年脱贫　后六段人以实践给出最初的答案
于是　在微山湖后续的涛声里　涌动出一首首决战决胜的战斗诗篇

放眼彭城大地　有多少像徐龙飞一样的致富带头人
当签下军令状的那一刻　就已把后路斩断
他们深知自己是大地的儿女　便有了泥土般朴素的信念
——吃亏在前　吃苦在前　奉献在前

不必追问　小康路上有几多艰难征战
当丰县二坝湿地的洁白梨花传递着全县脱贫的喜讯
当云河公园的水袖唤醒睢宁城又一个丰收的黎明
啊！我的徐州城　我看见脱贫致富的汗水在阳光下如此璀璨

三、掌家忠说：我是世界上最幸福的人

"国家富强　儿女孝顺　我是世界上最幸福的人！"

这是共和国第一代劳模掌家忠的肺腑之言
此刻 在无名山下康乐园宽敞明亮的家中 曾紧握大锤的双手
又一次在空中搅动岁月风云 深邃的目光闪烁着钢铁锻打的誓言

漫漫人生路 94 年光阴荏苒 为徐州留下几多永恒的经典
第一台工作母机——35 吨倾斜式冲床 在他的凝视中开始生命中的
第一次旋转
当双轮双铧犁在欢笑中走向田野 稻穗上挂满的是他无悔的心愿
请记住 1963 年 在他和手中铁锤的引领下
徐州第一台 5 吨汽车起重机昂首挺向蓝天

忘不了 20 世纪五六十年代 多次被开国领袖毛泽东接见
忘不了 作为第一代劳模代表 坐上花车走进了新中国 70 周年盛典
面对无上荣光 他依然平静如水
他说 是祖国和人民给了他机会 让他对锻件产生了无限依恋

辉煌的背后 是与时间的赛跑 是用心血奔赴的实践
儿歌作家李作华这样写道：大工匠 / 工艺精 / 革新大王掌家忠
苦钻研 / 搞发明 / 七百多项都成功
二十七年活 / 七年就完成 / 全国各地来取经……
此刻 只想让时针倒流 再给他一些属于自己的时间——
给双亲敬上一杯云台山的泉水 和儿女们有一次完整的团圆

2013 年 他的雕塑被竖立在云龙湖畔
后来 从同一个大门走出的"土博士"毕可顺接续来到好人园
如今 寻找新时代"最美产业工人"的大幕隆重开启
新风吹来 产业报国的旗帜将永远在徐州大地上飞扬

四、当铁流激情涌现，请讴歌高质量发展奉献的徐州蓝天

"1958 年 徐州钢铁厂正式成立 霞光四射的岁月淬炼青春记忆
几代人沸腾骄傲的过往 在这里一一上演……"
8 月 29 日 摄影爱好者以诗意的语言向曾经辉煌的厂房表达敬意
7 幅彩色照片 给 62 岁的徐州钢铁献上最后的尊严和礼赞

管件厂办公楼旁的水杉记得 第一代徐钢人手提肩扛创业维艰
老三号门上的热力管线记得 学徒工们青春激荡的难忘瞬间
晨光中的 9 号高炉 让幻觉中的铁水挺拔成一根根乌亮的铸管
早已停转的煤炭传送机旁 摇曳在芜杂中的荻花 依然生机无限

曾经 高高的煤矿井架 飞奔的电流 连同栖息着钢水的巨大高炉
是哺育徐州工业成长壮大的一个个摇篮
如今 一切都已改变 小矿井早已走进历史
18 家钢铁企业只剩下 3 家 24 家燃煤电厂正在"关、停、改燃"
旧产能大门关闭 重新开启的 是徐州高质量发展的崭新明天

君不见 京雄高速上 徐工无人机械集群轧出全球无人驾驶第一路
从卖煤到汽车制造 从新能源新医药智能机器人 再到"芯"潮澎湃
5G 通信 人工智能 区块链 已勾勒出通往未来的绿色产业链
一次次壮士断腕 徐州的新兴产业之路 正越走越宽

啊！湖水有情 一座现代化的徐州钢城正在古老的利国驿重新崛起
当滚滚铁流激情涌现 我的朋友 我的工人兄弟
请和我一起讴歌——幸福小康路上
有徐州人坚不可摧的钢铁意志 有传统产业涅槃后带来的徐州蓝天

五、透过宕口的微笑，是生态文明的徐州经验

我看见宕口的微笑 是在马陵山春茶微波荡漾的绿水间

高铁站西边的珠山流水瀑布 已将贫瘠和荒芜定格在 2013 年
曾经被遗弃的 是见证着有用和无用的那些碎片
世间万物皆有因缘 如何丢失的 注定将如何回到从前

曾经 被掏空的不止铁矿石 煤 还有难以忘怀的好时光
从铁矿石变成冷兵器 从黑色的煤块变成照亮大江南北的熊熊火焰
一船船 一车车 运走的是绿色山林 是青春气息 白云蓝天
直到多年以后 山渐渐变得虚弱不堪
直到石头仅仅只是石头 直到石头没有了铮铮铁骨

400 多座废弃矿山 就是 400 多道难以启齿的历史疮疤
而在高质量发展的徐州语境里 却不需要这样的自我可怜
于是 一粒粒春色落在石头上 鸟雀衔来种子 雨水运来肥料
在废墟上的舞蹈里 那些自由的精灵 品尝到小康生活的甘甜

或许用不了多久 更多的人将看见那些生命复活后的微笑——
安然山下"小桂林"碧波荡漾 光山的"绿色眼眸"将更具经典
……"终于可以回到故乡了！"
当这样的声音从地心深处传来 生活该是多么美好如愿

历史早已证明 这个雄性的城池 出生之日便充满传奇
一息八百岁的烹饪鼻祖 一碗汤就传承了四千年
如今"桃花源"湿地丽影初现 五山公园正走向收获的秋天
透过宕口的微笑 是生态文明的徐州经验

六、舞蹈里，有快乐的传承密码

初冬的连云港 将军崖山色凝重 岩石上的舞蹈还没有结束
不远处的海州体育中心 全国广场舞总决赛精彩连连 高潮不断
这充满动感的盛会 注定少不了来自大汉之源的风采

豪迈大气的舞姿 简约典雅的服饰 将徐州人的舞艺推向了顶点

一方水土养一方人 那个衣锦还乡的人 永远不会谢幕
他又一次从《汉风飞扬》里登基 他骑马 出征 一生除了剑出鞘
还有乐舞百戏 云灯舞 面具舞的点缀 他也是个诗人
身后两千年风云际会 一个新时代的徐州 在舞蹈里成为经典

时尚大道 炸舞阵线 让徐州的维度不断放大
这里的巅峰对决 已成为中国BREAKING赛事的一张亮丽名片
请大家记住吧 那些来自汉语英语韩语日语的疯狂呐喊及狂欢
在徐州的国际视野中 炸舞记忆 是一场对幸福与文化自信的检验

有人问 人生需要怎样的旋转 快乐需要怎样的鼓点
五段镇的老百姓说 自从爱上广场舞 每一个早晨都变得无比灿烂
像她们一样 许多人都在人生道路上留下了舞姿 在彭城大地
从镌刻在石头上的长袖舞开始 那些恣意的舞蹈 就一直没有中断

七、K902公交线——献给中心城市的美好祝福和礼赞

如果一首诗沿着一条路写下去 这条路便有了鲜活的生命纪元
这条路 属于少年的白乐天 属于青年的白乐天
一千多年前 从符离集到居园 道阻且长 他仍看到了心中的桃花
今天 还是这条千年之路 K902公交车已在徐宿间自由蹁跹

这已是第二只飞燕 就在3月8日 第一只春燕已飞翔在徐萧之间
当蓝灰相间的K901公交车缓缓启动 多少人露出幸福的笑脸
941年前 也是这条路 老市长苏轼在艰难跋涉中去寻找石炭
同一年 张师厚西去京城 因为这条路 大宋又多了一份思念

是啊！ 围绕着徐州城 有多少烽火硝烟 风云激荡

围绕着徐州城 多少文人墨客 让远行平添了几分诗意浪漫
当淮海经济区中心城市的号角吹响 一小时生活圈已跃上蓝图
如今 借着"一带一路"徐州正一步步迈向全面小康的幸福明天

八、诗意中，有湖田喂养的乡愁和心愿

有时 只因走进一条小河 便收获馥郁满园
或者登上半高的丘陵 却一下子拥有了整个四季的灿烂
在贾汪 在铜山 在邳州 在沛县 在大美泉山 在崛起云龙
这样的艳遇 在古老的现代的智慧的乡村随处可见

美丽富饶的潘安湖畔 马庄村传统的升旗仪式神圣庄严
嘹亮的号声 浪漫的香包 环绕的水系 是马庄村交出的最新答卷
悬水湖边 倪园村又迎来一个崭新的黎明
一声清脆的鸟鸣 唤来两千多年的吕梁洪又一个崭新的春天

曾在细雨霏霏的三月 走进大沙河的百年梨园
梨花带雨 幸福的人们走上百姓舞台 用歌声表达对生活的祝愿
时集镇的桃花开了又开 一万亩春风浩荡 一万亩人面桃花
让那些错过雪花的人 在故乡的怀抱里找寻到丢失的童年

黄昏中的石头城部落 以缓慢的姿态等待渔舟晚归 当篝火点燃
孙倩女士一声惊雷 九腔十八调的叮叮腔唱出古驿道的古今变迁
不得不说到高党村 下班回家的村民 最喜欢乡间小酒馆的氛围
若选择银杏园的金色秋天 相爱的人啊
请在时光隧道中许下心中永恒的誓言

设想有这样一天 从柳泉镇北村的荷花塘出发 去微山湖泛舟
或者 借助沿湖农场的麦田印象设计未来与无人机的航向
这该是多么惬意的遐想啊 诗意中 有说不尽的现代与古典
诗意中 有湖田喂养的乡愁和心愿

九、徐州之恋

"有一个地方 / 常常让我默默思念 / 那里有美丽的湖泊
/ 那里有蜿蜒的群山 / 我的徐州我的家 / 半城湖水半城山
/ 生长着雄性 / 生长着浪漫……"
如此激越豪迈的心声 出自词作家殷召辉的《徐州之恋》

2012 年冬天 当他在北京看见月华满天 竟一下子泪流满面
从此 像许多天南地北的徐州人一样 总是在歌声中回望家园
大运河故黄河的涛声 云龙湖潘安湖的云影 九里山云龙山的传说
岁月流逝 而这些熟悉的名字早已成为徐州人精神的驿站

有人会问 是什么能让徐州人对故园如此眷恋
不要说戏马台前的楚汉风云 凄美的爱情令人唏嘘感叹
不要说黄楼的月色无边 文人盛会的狂欢并未走远
燕子楼的秋霜 凤凰山的肃穆 一切的一切无不让人留恋

如今 走在小康路上的徐州 每天都有精彩的故事涌现
2018 年 10 月 在草香弥漫的内罗毕 荣获联合国人居奖
2019 年 12 月 绿意盎然的广州城 徐州人最具幸福感
从非洲高原到南国重镇 一个个荣耀让徐州人露出自豪的笑脸

2020 年 8 月 30 日 北京又传来好消息
徐州市荣获"全国营商环境质量十佳城市"的桂冠
那一刻 天南地北的徐州人又一次为家乡的飞速进步惊叹
尊严和荣誉何来 徐州人说：我们始终瞄准世界一流的高起点

徐州啊 我们的大徐州 你这生长着雄性生长着浪漫的美丽城池
24 小时响起的尽是属于徐州每一个人的《徐州之恋》

你好，小康徐州！

十、赞美你，多彩美丽的小康徐州

41 年小康路 有过多少青春和生命的交响
那些被历史淬炼的燃情岁月留下几多心酸疲惫与爱的温暖
41 年的磨砺 41 年披星戴月你追我赶
曾经颜色灰暗的徐州 完成了一份多彩美丽的小康答卷

那是 15 分钟生活圈呈现的多姿多彩
大汉之源精神装扮的地铁古朴典雅 绿地清流就在抬眼之间
那是垃圾分类的良好习惯 飞线专项整治让自由出行更加方便
那是乡贤文化的又一次新生 乡村处处都是亲情互助的美丽家园

那是疫情防控期间的相互守望 几十万志愿者风雪中的无私奉献
那是云龙书院线上的《红楼梦》 田崇雪先生激扬文字侃侃而谈
那是音乐厅里飘逸的浪漫 广场舞迎来的每一个清晨和夜晚
那还是朗诵艺术家的好声音 让彭城大地流淌着新时代的诗篇

赞美你！ 多彩美丽的小康徐州
如果让我选择未来的一个心愿 那是打卡园博园吕梁阁的瞬间
那是大风歌城衣袂飘飘车马出行的壮观
那是淮海路港通江达海 米字形高铁完美收官的难忘经典

啊！你这多姿多彩美丽妖娆雄性温柔的徐州
你这由探梅园开启 一年四季芬芳不断的可爱家园
你这 24 小时都有书可读有诗可赋有歌可唱有景可赏的大徐州
我要赞美你！ 你这多彩美丽的小康徐州

我要赞美你的绿色之风 让森林覆盖率扛起全省第一的大旗
我要赞美你的长河之波 让每一条河流都碧波荡漾
我还要赞美你的老有所养幼有所教病有所医居者有其屋

我更要赞美你 新时代呈现的徐州精神徐州速度徐州力量

啊！我的多彩美丽的小康徐州
我要继续一个梦 未来的徐州必将青春不老
那时 我将借来全宇宙的光和热 一遍遍讴歌你的辉煌与灿烂
啊 赞美你！我的雄性的温柔的绿色的多姿多彩的小康徐州

打开吕梁的方式（组诗）

一、盛景庄园的一抹光影

山水之间　不只用于安放白云的光影
在这个灼热多云的初夏
成熟的麦穗正屹立在山岗之上
此刻　所有的苦难即将成为过去

没有谁在意那一小块突兀的石头
以及被树木隐去的鸟鸣
历史的旁白是沉默深处的泉水
一抹影子一闪　时光便回到了两千年以前

那人的牛车　已经走了很久　且毫无停歇之意
观水的话语　连同流沫形成了巨大的落差
孤独的足迹之处　后人的想象愈发复杂
其实来或者没来已不重要
桃花的艳情已去　如今果上枝头

而那些没有赶上花期的人
不必懊悔曾经的错过
丰盈时刻　蟠桃的鲜红与绿意才是正题
把手伸出去　于美轮美奂间觥筹交错

这是真正的节日
山坡沟壑水旁林间笑容皆灿烂
敢于直视的人们　一遇到那些圆润的表情便心生几分怯懦
摩肩接踵间　谁也不知道未来有着怎样的难度与负重

二、等待是一种修行

迟来的事物　时常有阴影相随
千里之外　江水在漫长的封闭与等待中完成传说
春风浓缩在狭小的出口处
口罩的五颜六色　一度胜过花海的万紫千红

而更多的人坚信　春天一定会到来
比如海棠湾
早已脱下了笨重的包装
让不同的颜色　呈现在群山的怀抱之中

也有一些人　终究没有等到花开时节
他们走向了一个永远没有苦难的奇妙世界
当凝视的目光逐渐远离黄鹤楼前的倒影
珞珈山的樱花　向海棠湾送来平安的祝福

此刻　我没有伫立在海棠湾
内心空落时刻　不能安放的　还有父亲大人
庚子年的新春
他借着一缕青烟　把自己放进一个狭小的木盒中远游

那一年　带他去吕梁看山野和悬水湖
他看到了许多叫不出名字的花朵

一如在他梦中见到的那样　他说
湖水真干净　鸟真多　草那么像麦苗

那一年　一定是经过了海棠湾
就在这个夏日　我看到一株朴素的海棠
佝偻着弯曲的影子　如父亲壮年躬身于田垄
这样的隐喻难得　海棠湾啊海棠湾
其实　我不是一个善于等待的人

三、梦回吕梁洪

那个饮洪者　目光如炬
能看到三十仞悬水　四十里流沫
石梁或隐或现
昼伏夜出　月光一再被泥沙撕裂　吞噬

凭借着娴熟与胆量　水中人闲庭信步
这一次　是农忙间的又一次冲凉
与哲学无关　却让岸上的那个人
从一个沉浮的瞬间　演绎出洪荒亿年

纤夫们依然如昨　分不清汗水与河水
一天天重复着固定的动作　生活总要继续
鸟们在天空飞翔　俯瞰舟楫林立
香火最是灵验　船过后　神庙又长高一个台阶

如今　逝去的洪被紧锁在堤坝之内
这样的平静无法呈现梦境　纤夫早已走进历史
待吕梁阁屹立高处
对话　可以从水中的一片云开始

也可以从那双出血的脚板开始

四、梯田花海

在一堆乱石上开启春天　最容易让浪漫得逞
背土的人　心中早已留好种子
哪一处安放艳丽　哪一处避开烦琐
园丁们不止一次给剪刀下定义　轻且温柔

百日草　满天星　硫华菊
众多名字初来乍到
虞美人是苏北的常客
宿根天人菊　喜欢在雪地上回忆春天

此刻　面对花海的放纵
已经无法沉静
若不是五层梯田
迷失在香艳中的　镜头绝不是唯一

风车是孤独的　这不是她该来的地方
如果有一辆牛车缓缓驶来
历史在可能的地方会稍作停留
毕竟　吕国的城池就在花开的地方沉睡着

这个夏天真好
百亩之地　足以盛放一颗最复杂的心

五、吕梁石

茶几上的"山"以及"谦谦君子"

在氤氲的氛围中完成了它的成人礼
于漫长的历史而言
这一次 匆匆人间一现
又在短暂的沉思后 回复缄默无语

这样的安排 跨越了整整 6 亿年
在遥远的震旦纪
炽热的岩浆排山倒海而来 激烈撞击
残酷撕咬 直至冷却
剩下的便是漫长而寂寞的等待

后来 成群的猛兽出现
洪水汹涌着一再进犯 岁月荒凉 鸟鸣凄厉
再后来 治水的人出现
他九过家门而不入 他的肌肉始终紧绷着
洪从石上轰然而下 他冷静以对

孔子来时 在泥泞的道路上留下车辙和感叹
宋武帝 [1] 的马蹄踏在半山坡上 与风不语
那些石块依然隐在历史深处
在洪水淹城之后 苏轼看到了"顽石"
在高处的回望 他看到了低处百姓的苦难伤悲

如今硝烟散尽 树木绿满河山
再后来 吕梁黄成为一种象征
奇峰嶙峋 圣人行礼 山川浩荡
洞见光明者 从石头一侧开始
一个湮没在历史深处的吕国 由一块石头呈现

[1] 指刘裕（363—422 年），中国东晋至南北朝时期杰出的政治家、军事家，南朝刘宋开国君主。

六、凤冠山

远观 形如其名 傲视周边百余山头
登临其上 气象阔达 仿佛有大河自脚下流
晨时飞 舍不得脚下万顷良田
暮时归来 巨浪平息 大小石块隐于泥沙间

那时 洪自西北来 如千军万马
拉纤的人排满两岸
号子声一度超过洪水跌落的巨响
只有人夜时分 才能听到山与河的对话

观洪者远道而来 有人走了半年时光
有人的马儿累得几度昏厥
文人墨客走得踉踉跄跄 还有凡夫俗子最后赤着脚
三绝碑好生了得 让吕梁洪如在眼前
"二洪之石其狞且利 如剑戟之相向 虎豹象狮之相攫"

刻下凤冠山 离不开一串麻绳 一把錾子
观道亭的旧址还在
野蒺藜在碎石间奔腾突兀
有时间的地方才有人 有些人却忘记了时光漫长

七、倪园村的春天

曾经的时光 人们不敢选择雨天谈论春色
泥泞的乡间小路有说不出的忧伤
更不敢选择夏天叙说月亮与童年
蚊蝇与丑陋 让做梦都成为奢侈

这个十年　三月里的故事开始围绕倪园村展开
青石板被磨得透亮　雪花先于梅花报春
行走的人们谈论故乡　说着说着就流下了眼泪
还有一些人站在门槛处向里望去　炊烟稀疏

白墙黛瓦间　有风声雨声
月亮门让江南的意味更加深切
即使站在春天的门楣之下
已能够想象雨打芭蕉的夏日　以及向日葵的未来

去问衣着朴素的乡亲
会告诉你　日子就像小磨盘
要慢慢地往前推
一个春天　一个春天地去播下希望

要知道　这是走了两千多年时光的村庄
哪一个春天都不曾缺失
往后的日子　怕只有更多的花开
不论浓淡　都会沿着圣人的车辙漫漫散开

如今　守着一湾碧水　背靠簇簇青山
惬意的栖居如诗中景象
炉中火旺旺地烧着
地锅里的翻滚腾挪　不输对花开的期待

没有赶上春天　在夏天接续种子的责任
天蓝得高傲狂妄　白云如发髻高绾
我只能说　我不敢相信这里有人间仙境
其实　春天在春天的梦中

八、在马集 有酸甜可口的生活

三千亩云霞烂漫 大雪纷飞
一到初夏 变得如此饱满
那些没有赶上春天的 已不用担心倒春寒
五月里 自有春天奉还的承诺

十里杏花村 三十里杏花村
不过是些虚词 而我的那些乡亲却朴实如泥土
他们说 你尝尝这个 一点都不酸
他们还说 这里的土地最合乎杏树的脾气

山坡上的杏园 已被采摘人占满
一篮篮金黄呈现出快乐的底色
此刻 麦田显得多余
面对果实 依然需要建立某种次序

"如果再过几天，或许更甜一些"
依然有人在假设中谋划未来
而生活就是该有的样子 一些杏已经落地
这个时候不需要未来的一场雨或者大风

确实令人向往
在马集 有酸甜可口的生活

九、打卡园博园

请在拐弯处等我 某年某月某日
请在吕梁阁寻找一串钥匙 某年某月某日

请在江苏园留一封信　某年某月某日
请在滨河大道饮最初品尝的咖啡　某年某月某日

未雨绸缪　现在就安排日历中的生活吧
五千多亩山川土地　数不清的林木鸟鸣
宕口处繁花似锦　溪流淙淙
谁见过最美的园林　谁见过最诗意栖居的山水

孔圣人早已提前打卡
他在园子里留下"逝者如斯夫"
苏轼市长已提前打卡
他给朋友写的诗歌镌刻在廊柱上

百草园　万千景
洪水在屏幕上一再轰然嘶鸣
吕国安在　吕县安在
历史不可重复　却可以在想象中还原

去打卡吧　某年某月某日
不需要梦想　曾经的梦境随处可遇
那么多园子足以放下落晖与晨曦　爱与生活
在那片绿色中　乡愁是一首五千年的神曲

青山多妩媚（组诗）

石上春秋

那个唱《大风歌》的人 最喜欢坚硬的事物
比如那把决定命运的剑 以及闪着亮色的马镫子
而后来人干脆把庭院树木与鸟兽虫鱼刻在一块块石头上
"我是王，我将死后如生。"的确如此
有时 外面洪水滔天 而巨大的石窟里依旧歌舞升平

两千年后 哼着《大风歌》的人开始审视硝烟后的满目疮痍
"谁能驯服那些荒山？"有人回忆往事 忍不住落泪
男人们用钢钎在石灰岩上打下一眼眼小孔
妇人们用柔弱的肩膀把泥土和水背上山脊
虎口崩裂处的鲜红喂养了一棵棵幼苗 从此小兽有了幸福天堂

"只关心自己 以及黑暗中的世界？"
不——看看另一些望天的人 还在关心粮食 草木山河
凝视着杨典华 朱桂华 朱玉华留下的"三华山"
竟恍若隔世 而那个在岩石上种出森林的倔强老头
被岁月的刀子 镌刻在云龙湖畔的一块石头上

鸟投林

我看见许多鸟 却不知道他们的名字

他们飞翔时　从来不理会我追踪的目光
有时他们从太阳落去的地方来
有时会从一片高楼间穿越而来（表现得有点慌乱）
直到他们投进自己预设的画面之中

他们去干什么　从小到大　我一直在问
当他们投进树林　天就慢慢黑了　我也要去找娘
当他们投进树林　大地开始静默不语　娘早已去了无梦的他乡
或许　他们无须玩捉迷藏　他们就在隐匿之处
也不会玩打仗　他们的爷爷奶奶已躲过弹弓　罗网以及猎枪

更多的可能　是去寻找那些迷失方向的星星
并借着光华璀璨的闪梦　丢下几粒野果的外壳
如果他们开始了恋爱　会是另一番景象
枝叶间月色正浓　注定是无眠之夜
那些拥抱来得如此热烈　让他们不愿意浪费哪怕一秒

曾经　在九里山古战场前栽下过几棵树
20多年后　当从它们面前经过时　有鸟跳跃于枝头之上
此刻　倒车镜里是渐渐后退的绿色山林　以及烂漫春花
现在终于明白　每个人都幻想营造一片自己的森林
当沉浸其中　便是脱去伪装

泉深不知处

大音希声　隐隐的　在何方？

丁塘山下　有拔剑泉
两千多年的时光里　她拼着命要把自己拧干
换来的却是更多的清冽与甘甜

刘邦早已成为石头的一部分
虽站立在小沛的大风中　未忘汉王的山水草木

汩汩流淌的白塔泉　更像一位闺中人
坍塌的白塔寺气息还在　野山桃是看门人
转弯　未闻响声
一泓碧水突然流进了心间
寺之前　泉已在　寺之后　泉依然还在

二龙眼　徐州最高处的泉
四季长流而不枯　只把喃喃的歌谣唱给野山枣听
虽两米之距　却一清一浊
恰如行走这世间的黑与白　正与反
圣龙山啊圣龙山　拥有如此尊贵的名字　却不拒低处的生活

我知道　靠近泉　或者井
就是走向了历史深处　就是要把自己陷得更深
比如彭祖井　依然在大彭镇上苍老着
你能看到　系着绳子的彭祖动作轻盈
似乎刚从井下上来　比如母猪泉
虽已改叫五珠泉　可月亮还躺在 500 年前的山间

而更多的泉　依然在修身养性
饮鹤泉　刘备泉　卧龙泉　裤衩泉　鳌子泉　一瓢子泉
他们把名字压得很低　只让流水阅尽山色
这是真正的回归　回到朴素而自在的从前——
河流自由自在地游走于大地　泉水深到不可及处

大洞山

三月的桃花
五月的石榴花
七月后的茱萸果
蜡梅之后 圣水湖开始解冻 第一缕香火袅袅升腾……

而很多年前 并没有这样的安排
荒乱的碎石像是谁家走失的孩子 枯草间散落着一两通旧石碑
茱萸树躲在某个不被人知的角落寂寞着
鼓槌被丢进时光深处 钟声已中断经年
唯有石榴树上的疤痕 牢记着某一只公山羊的哀鸣

"栽树吧！"正念一出 日月光华一片明净
上山的人 背着竹筐与钢钎 干粮与水
下山的人 拖着疲惫 枕着月光就睡着了
许多人梦见 尘埃落在新的疤痕之上
并被怜惜的气流轻轻地吹了又吹

事实上 我并不知道夜色该如何安抚一株幼苗
他们需要逃离野火 干渴 以及砍伐者的觊觎
甚至需要九月黎明中那个登高诗人的歌吟
好在山连着山 茱萸寺的大门已重新打开
那些树们 有回家的路途可寻

世事艰难 庆幸人间仍有良药
那些把草木装进岩石间的人
那个把兄弟装在心里的人
更远者 那个发十二大愿 并把自己修炼成王的人 [1]
正站在自己的肩上

---

[1] 指药师王佛。

五山梅花坞：再许你五个春天

此刻 先不谈论 40 年前 以及你和我
也不谈论父亲的平板车辙
在大雨的泥泞里 被一整车的石头压到极限
在这个迷离的春天 我要再许你五个春天

第一个春天 请告诉我你已如期苏醒
荒凉的宕口里 寒夜的流星并没有把你带走

第二个春天 愿你能够明白纵与横 疏与密
第一粒花苞与春天的第一声鸟鸣不期而遇

第三个春天 三千株花朵开始争奇斗艳
美人梅的面前 有似曾相识的面孔

第四个春天 你渐渐明白了整体和个体 以及大地的意义
靠近山坡者 更要保持一分耐心

第五个春天 我会借着黎明 沿着山北的那条旧路
勇敢地走进你的斜风细雨

现在来说说那些往事吧：
曾经 在你茂盛的青草地上 一个血性少年恣意挥镰
并在你平坦的腹部 做着青春时节的梦
而父亲 冒着酷暑寻找你丢弃的石块
仅仅是要给风雨飘摇中的土围墙 重新找到一分安宁

如今 我已鬓角染霜 始见你的芳华
而父亲的平板车 已在庚子年的冬夜 载着他远行

青山多妩媚（组诗）

于宕口处望珠山瀑布

我们一再对视　聚焦在翠绿之下的峭壁上
那一刻　光线很温柔
三月的小雨之后　春天开始勃发
你仿若一段神曲的引子　催生出迎春花旺盛的精力
一片云霞在岸边渲染开来　早樱成为自己该有的模样

有人已拍照离开　有人刚从宕口处下来
来来往往间　暖风记录下他们各自的体味和温度
有大胆者念念有词　珠山一时竟成为庐山的隐喻
一想到开元年间的那个夏秋之季
瀑布便顺着大唐的天空飞流直下　落在汉之源这个美好春天

也有怀疑的目光　走到背后去寻找水的源头
答案并不完美　毕竟是从乱石荒坡垃圾堆中走出
尚需等待某个奇点的出现
比如　泉水淙淙　已足够喂养四季
比如　雨水开始均匀地分布到每一个季节　冬季有雪花飞舞

事实上　世间万物都需要相互妥协
就像　你靠着岩壁和水生活
我靠着你的景致滋养至今仍荒芜的内心
而所有的一切　在时间面前都将变得短暂而渺小
就像这宕口　又经历了一次死而复生

林中相

我看见绿色的河流从山坡间流淌
我看见树梢扬起针尖一样细小的碎末对着蓝天倾诉

整个白天　它们以听风声和鸟鸣为乐
只有在夜晚　才会顾及脚下　那些不再喧嚣的灵魂

是的　我看见了树丛之下的一个个土堆
石碑上的日期　记载着痛苦与欢乐的纹路
当黄纸焚燃的烟雾升腾开来　土堆上的鹅黄更加灿亮
"是清明节到了啊！"——隐隐的声音从暗中来

此刻　屠夫的刀刃已变得锈蚀卷曲
早殁者继续成长　安详与喜悦正穿越这冷暖的世间
某一天皇历上显示　今日宜祭祀　动迁
鞭炮声中　黑雨伞下的先人开始了新的旅程

被腾出的地方　更换了门庭
乔木　灌木　针叶　阔叶　渐渐适应了新土的味道
惯于谈论生死的人
偶尔会在夜间回来看看"是谁替代了自己？"

那个酷爱山水画的人　喜欢上乌桕烫金的样子
青桐在春天最好看　不知是谁家的妙龄女子
栾树似乎和某个嗜酒者投缘　在初冬的街道上敞开衣襟
楝树　三角枫　臭椿　皂荚　各有姿态且一一对应着……

这一切　让人们看到了斑驳陆离的世界之本
那些从骨殖上脱落的细微颗粒
不忘沿着粗大的树干攀爬　一看见放鹤亭　便大欢喜
多么难得啊！　从寂寞的天堂　再入温暖的人间

吕梁阁

立在悬水湖的边缘　倒影　在一次次试探后成为某种真实
水中吕梁阁　以陶楼的神韵摇曳荡漾
被引申的含义　暗藏于两千年前的汉画像石中
"一斗三升　方柱屹立　斗拱承平……"
简单的数字与概念　构筑起一个民族最坚固的内核

那一刻　我看见春风疾驰的湖面上有燕子飞过你的门楣
四月的红与绿挤满围墙
读书人在农家小院里正襟危坐
铜的韧性与固执正可以直视阳光
当黄昏渐渐来临　谁将把思想者的来路彻底照亮

这时可以确认　你是为对话而预设的
你说　你喂养的马匹由此纵横万里
你说　你喂养的花田由此把洪水的意韵开成诗行
你还说　当圣人伫立在河边时　时代便不曾荒芜

可以肯定的是　洪水不再卷土重来
你将要记录的内容　已换成良田万顷　以及醇厚的鸟鸣
守护着如此壮美的河山
你必须大声地吼——
这是一个宽容的时代　一个诗意如此辽阔的时代

现在　终于可以描述一下你伟岸的仪表了
131.23 米　这是你觉醒时的高度
光秃秃的山脊之上　正好化育你的坦荡与率真
八层之物　已足够安放所有的浪漫与险恶
接引处　炊烟达不到的地方　神也休想

我们的山水徐州（组诗）

第一篇　历史中的徐州

在九百六十万平方公里的广袤土地上
有一个九百六十平方公里的古老城池
她和共和国拥有同一颗心脏
一同跳跃　一同呼吸

让我们记住这个伟岸的名字
她就是徐州
古老而美丽的山水徐州
属于有情有义的九百八十万人民的山水徐州

五千年啊　五千年的滔滔水流
足以击穿任何一块坚硬的石头
五千年的历史
是一艘承载了徐州五千年文明的浩荡之舟

徐州的历史是如此悠久
我们该从哪里开始探求
就让我们从一碗温润帝尧心灵的热汤寻找吧
从一息就是八百岁的彭铿开头

就是这一碗闪烁着人性光辉的热汤
让帝尧的身心得到了拯救
从此　一个古老的国度诞生了
大彭氏国　成为徐州文明的经典符号

这一方水土养育的徐州人啊
历来就崇尚诚信　热爱自由
是忠心义胆的诚信
让一把剑生长了二千五百多年依然不朽

翻开一部烽烟激荡的春秋历史
既有季子庄严的承诺
还有徐国人发自内心的赞叹和理想追求
看今朝云龙春晖　挂剑台前思不够

徐州是雄性的　一个被英雄的肩膀拱起的城池
"大风起兮云飞扬
威加海内兮归故乡
安得猛士兮守四方"

这是两千年前的刘邦在仰天长啸
他高唱着气吞山河的《大风歌》横刀立马　纵横华夏
让一个大汉王朝屹立在世界的东方
也让徐州城的地下渐渐变成另一个宇宙

项羽依然在戏马台前练兵布阵
血肉锻造的历史　能抵挡住任何风雨苦愁
尽管乌骓马早已远去　不再信步悠悠
可他还是顶天立地的英雄　依然挺立昂首

徐州不只是诚信的　英雄的
这块土地上还有比云龙湖水更柔更烈的爱恨情仇
让我们回到丰满妖娆的唐朝吧
伫立燕子楼前　听关盼盼用琴声诉说十年的情与愁

徐州还是一片充满温情洒满诗意的心灵的田畴
多少文人墨客南来北往　多少诗篇千古不朽
白居易走后　苏东坡踏步而来
虽枕着滔滔洪水　心中却诗情依旧

云龙山归来 《放鹤亭记》一挥而就
多少美丽的氤氲黄昏
多少思念故土亲人的日日夜夜　只换来最后一句话
"归来归来兮，西山不可以久留。"

啊　我们的山水徐州
大运河大黄河日夜不息　八方横流
黄楼雄踞文人会
一代大家俱风流

啊　泱泱流淌了五千年的徐州　生生不息的徐州啊
让我们记住　有情有义　诚实诚信
不仅是历史给予徐州人的结论
更是徐州人在通往未来征途上永远的追求

第二篇　1948年12月1日的徐州

肯定有许多人流下了眼泪　队列在行进
彩旗　欢呼　以及寻找亲人的目光
这一天　徐州的冬季不再寒冷

不再由雪花独秀

钟鼓楼前的艺人　嗓子已经沙哑
没有人让他将鼓点敲得更响
他曾不止一次地说起过战争　以及出奇制胜
可这一次　他不知道从哪一次战斗开始演绎

此前　是两个月的鏖战
山川呜咽　血水不停地覆盖着洁白的原野
碾庄　双堆集　陈官庄
一个民族的命运因独轮车的辙向而渐渐改变

就是这个冬天　十个人
第一次站立成一条河流的脊梁
而在另一端　饥饿的情绪正不断蔓延
逃跑　叹息　号哭
双堆集的钢铁方阵是如此威武强大
却被只有小米加步枪的正义之师摧枯拉朽

再往前　是西柏坡的冷静与果敢
轻轻转身　延安的岁月犹在眼前
大别山　井冈山　南昌起义
更遥远的风景　则是嘉兴南湖上的一条轻舟

从那时起　中国踏上了自己的航程
先是城市　街巷　码头　刀枪相对
再后来是山路　乡村　迂回包抄　进城
当历史以这样的行进方式完成一次轮回
五省通衢的徐州
成为一个新时代必然来临的理由

第三篇 四班人装扮下的徐州

不是每一个城市都有一条黄河故道
更不是每一个故黄河岸边都有一个下水道四班
四十一个春秋远去
一群女人打开了一幅城市的风景画轴

三十二条干道最熟悉那些躬身前行的背影
五千多个窨井盖忘不了二十四只温暖的手
十万米幽深的阴沟了解每一条皮衩的气味
堆堆淤泥　车车污臭
收拾这半城琐碎的生活需要勇敢和崇高的追求

白天不属于四班
她们已习惯于在黑暗中寻找通往光明的方向
让淤塞变得通畅
让沉积的往事晾晒于阳光之下

从拉着平板车开始
四班人就用自己的方式滋润着徐州
"宁可脏一人　换来万人净"
日夜流淌的黄河水会铭记她们的铿锵誓言

如今　这个城市变得无比美丽俊秀
枕着四班人的呼吸声入眠
已是这座现代化都市难以更改的习惯
当黎明的钟声敲响　沉思者或许会想到
在徐州城最隐秘的地方
有十二个高尚的灵魂正阔步行走

第四篇　高速公路环绕的徐州

91.5公里　有史以来徐州最长的项链
黑色意味着庄重和经典
每一个出入口都包含着不同的结果
沿着车行的方向　无比自由

墨绿色的纱巾由那些青山连缀
鸟和野兔的距离变得更加遥远
牧羊老汉不再惊叹飞一般的汽车
他开始相信那速度最初来自独轮车的把手

白天　粮食水果蔬菜从这里拉出去
入夜　运回来的却是时装轿车还有山水啤酒
如此神奇的变化难免不让祖宗们惊叹
五千年了　古彭城开始在提速中建设自己的乐园

越过金色的地平线　越过匍匐的田野河流
温情从这里传向四周
如果爱在故乡　请回到最初的起点
如果爱在远方　请选择最幸福的那一个出口

第五篇　山与湖点缀下的徐州

七十二座山峰　七十二条徐州汉子
雄立在城市的四周
所有的湖都是淡妆的少女
湖心幽静　睡莲在梦中吐露着芬芳

山不高　却是向天的利剑

水不深　一律清澈甘甜
既已默守千年万年
说与不说　都有自己的理由

云龙山　九里山　子房山　大洞山
每一座山都是一个传说
云龙湖　九龙湖　金龙湖　督公湖
每一个湖都是四季飘香　冬雪夏柳

所有的山都和英雄计谋战争有关
每一片湖水却都有着母亲般的温柔
当箫声与剑气交融在一起
湖是仙女的藏身之所
山是英雄疗伤之所　更是失败者无法逃脱的魔咒

或许不必等到月色迷离的夜晚
山与湖的舞蹈定是一样的万千缠绵
你可能想不起来时的路途
却无法忘记徐州的湖与山

第六篇　崛起中的新徐州

在徐州的东南方向　有一片绿洲
在绿洲之间　是一座座拔地而起的高楼
大龙湖鸟语花香　水波荡舟
崛起中的徐州新城处处锦绣

新的速度正由京沪高铁实现着
笛声中"三重一大"开始快马加鞭
新产业　新能源你追我赶

在这片崛起的热土上　到处都是劳动者的无限风流

开发区总是早早地醒来
打桩声走在了第一缕曙光的前头
向着地心深处寻求　探索
只有质量第一　伟大的基业才无须发愁

金龙湖开始睁开眼睛
她要把最清新的空气送到原野村口
白云山的瀑布早已高悬在绿丛之间
她轻轻一抖　就是星辰满天　长夜无语的赞叹

速度　结构　效益　环保
徐州人心中装着的永远是最高　最强　最优
美观　舒适　和谐　现代
已成为徐州人奔向明天的伟大理想和崇高追求

让我们借助现代物流走向更远的地方
让我们把目光落在淮海经济区的万里田畴
发展是硬道理　科学发展是关键
因此　我们有必要且必须站在淮海经济区发展的潮头

今天的徐州　天更蓝　水更绿
北雄南秀尽在山水之间
让我们借着《大风歌》的伟岸底蕴
来描绘更辽阔更壮美更开明开放的新徐州

我从汉朝来

一

我从汉朝来 循着小沛的方向不曾有过一刻徘徊
我从汉朝来 两千年前的风云变幻依然在内心澎湃
我以浩荡长风为烈马 以猎猎旌旗指引那些勇士们呼啸而来
我有斩蛇的剑 在芒砀山的群峰间闪烁炫目的光彩
我有长长的披肩 臂膀一抖 人世间早已换了又换
我更有我的大风歌啊！
十里长亭 十里夜宴 击筑声中数不尽的畅饮开怀

我是风 我是电 我是火 我是海
那些冰冷的石块不是我 那些褚红色的封泥不是我
敢与猛虎搏斗的人 我认他为兄弟
能将一头牛背在肩上的人 我愿意和他结拜
我愿意跟随那些媒婆们去寻找一个个美丽的黄昏
我愿意承载犁铧的记忆 让华夏的土地拥有永恒的世代

我从汉朝来 一年又一年 泗水亭边的野花枯了又开
汉语声中 一辈辈学童开启鸿蒙 肩扛六艺 胸纳家国情怀
我从汉朝来 五月里的樊巷飘过一缕缕春风
汉字里 一封封书信带给家人平安与生活的精彩
我从汉朝来 田野深处 英雄汉子的骨殖已是层层叠加

我至亲的人啊！生命逝去 何时归来？

二

我从汉朝来 我的血液中流淌的依然是汉朝人的血脉
大风吹过 改革开放的洪流让沛县走进了新时代
君不见安国湖边 一组组光伏发电组件横竖成排
当一束束绿色的电波横空出世 十里之地的三个诸侯该怎样喝彩
我从汉朝来 那些遗落在历史深处的记忆何处寻找
就让大沙河的果香作证 汉高故里 汉魂永在

我从汉朝来 不息的大汉之灯依然在田间地头闪烁
这滨湖之城绿色之都 让每一个回家的人无不幸福满怀
我从汉朝来 文明的火种一直在沛城的大地上蔓延盛开
科技进步 生态优先 百强阵列里尽展风采
我从汉朝来 "千古龙飞地、一代帝王乡"的美誉
如今已涂抹上武术之乡 唢呐之乡 书画之乡
以及古筝之乡 文学之乡的绝美华彩

我从汉朝来 汉城公园的朗朗笑声如此亲切
凤凰欢舞 白云吉祥 沉雄大勇之气聚落于歌风台
我从汉朝来 千岛湖湿地的白鹭有着精灵般的歌喉
它们盘旋 它们俯冲 在芦苇与白云的世界里自由自在
我从汉朝来 好人公园里 感恩之花盛开
做中国好人 做沛县好人 道德之流润泽九州 永续传承一代又一代

三

我从汉朝来 我将向哪里去
晨曦中的汉街如此亲切

这里的一砖一瓦 都是抹不掉的记忆 汉家陵阙今犹在

我从汉朝来 我将向哪里去

黄昏中的护城河在静谧中思考着自己的前世今身

汉之源 汉之兴 唯我中华不老 永远与春同在

我从汉朝来

我从汉朝来

我从汉朝来

我从汉朝来

我骄傲 为这"十里三诸侯"呈现出的历史诡秘与回眸处的精彩

我自豪 生活在这片孕育汉朝江山的热土之上

可千盅饮尽 可诗文满怀

我从汉朝来 必将沿着汉朝人行进的目标奔向未来

家在 国在 灵魂在 泗水渔歌 幸福与喜悦同在

我从汉朝来 依着汉之源的精神衣钵

铸铁为犁 将挞伐之声封存于石雕的内心深处

以和平的名义开辟盛世

我从汉朝来 请掀起一场大风 将小沛的天空吹得更亮

长安之路太漫长 从头起 实现两个百年目标 有我的风采

我从汉朝来 我御风为马

我从汉朝来 我手持斩蛇的剑

我从汉朝来 大国之上自有我广阔的舞台

我从汉朝来 为华夏儿女的世纪中国梦 无怨无悔

我从汉朝来 带着辈辈子孙的爱

面朝大海 春暖花开

第二辑

回 响

爆裂在钢轨间的红色惊雷

——记姚佐唐烈士和江苏省第一个党支部

序章

四月的北京 时有黄尘弥漫 让宋庄一下子疑惑起自己的存在
胡同口的门牌号露出忧郁的目光 它看见一个人正试图打开一扇门
这看起来极像黑白电影中的某些场景
直到油画家周颖超涂抹完最后一笔 画布上的人开始叫自己的名字
他用倔强的发丝宣告自己的存在 在红与黑的对峙着中彰显革命青春
那一刻 凝滞的天空开始有了松动
强大野性的力量在一抹蓝色下不断努力向前 向前

透过画面向历史纵深望去 远处的星光时隐时现
机车轰鸣 短暂的沉默犹如地心深处的岩浆 正等待崩裂的瞬间
直到赤潮涌动 直到嘉兴南湖的红船犁开七月的水面
那些细密而有力的波纹在隐秘中出发 在铜山站的上空停留盘旋
那个深秋不再像以往那样漫长
1921 年 11 月 8 日傍晚 愤怒的人群涌向被突然锁闭的 8 号门
于是 沿着一条钢轨 沿着被命运举过头顶的凛冽黄昏
姚佐唐和他的工友们 纷纷拿起铁锤 第一次成为自己的主宰
大幕徐徐拉开 冬去春来
爆裂在钢轨间的红色惊雷 开启了江苏革命史的新纪元

一、从上海到徐州，几重风雨几重山

1916 年夏天 上海多风雨 薄雾笼罩的黄浦江阴雨连绵
望着江中的巨轮 18 岁的姚佐唐心潮澎湃 思绪万千
多少次 浑浊的江水碾过他青春的心 淋湿了他少年的梦
本应是青春的飞翔 黑夜却遮蔽了星光
《新青年》的号角已经吹响 而他却要告别这新思想的前沿

江水拍岸 浪花 再溅落在他的胸口
他想起自己 10 岁时跟着做工的父亲走在黄浦江畔
他看见衣不蔽体的同龄人 以及蜷曲在灌木丛中的白发老人
他不明白 周围的一切为何这样混乱
那些人该在书声琅琅的校园 或者病房洁白的医院

回到更遥远的 1898 年 油菜花开满原野的静美时光
一个幼小的生命在桐城呱呱坠地
一代文学桐城派鼻祖姚鼐的血脉 开始在姚佐唐身上流淌
也是这一年 津浦铁路的前身津镇铁路建设开始酝酿
命运是如此奇妙 让他的生命注定要同坚硬的铁轨相连

告别黄浦江畔 震颤的铁轨开始向他展示地理概念的遥远
从大上海到徐州城 几重风雨几重山
过长江 过淮河 血色黄昏下汽笛嘶鸣 长路漫漫
他不知道 未知的命运将要把他推向自己人生的峰巅
他更不知道 迎接他的 还有用坚贞和鲜血抒写的生命最后的灿烂

二、深夜的耕读，他选择了经典的红色

自古彭城列九州 这东方的雅典 这硝烟不断的战争之城
落尽眼里的不只有故黄河 还有 72 座山峰 与山上的神仙

从古城的北门出去　越过黄河　越过一片沼泽地
有许多乌黑的鸟　以及仰脸望天的流浪汉
有人听见火车的鸣叫　"徐州北站"四个大字嵌放在拱门之上

陌生的城市　陌生的人群　陌生的语言
唯有铁锤敲击钢板的声音一致　一个学徒工　就这样来到了北站
春夏秋冬　时有外面的声音传入厂区
从九里山起飞的雏鹰　鄙视着他脚下的一条条铁轨
依然是混乱　辫子军城内烧杀抢掠　白喉疫情在远处的沛县蔓延

度日如年　哪里是通往光明的彼岸
多少个风雨之夜　姚佐唐望着黑暗中的窗户难以入眠
一切都没有逃过史文彬的眼睛　幼小的树苗最需要泉水的浇灌
《新青年》《劳动界》为他打开了一扇小窗
陈独秀的《敬告青年》让他感到了一种轻微的震颤

阅读　思考　许多个"为什么"在脑海中一一闪现
为什么做苦力的要受气
为什么穷人总是吃不饱穿不暖
为什么工人出力出汗还只有那么一点点钱
为什么在中国的土地上洋人却趾高气扬　肆无忌惮

光明的火种一旦被点燃　世界便不再充满黑暗
陈独秀　李大钊……思想的启蒙者已在前方探路
当一个个疑问渐渐清晰起来　姚佐唐的眼睛越发明亮
北站的冬天依旧寒冷　在初雪铺满大地的时刻
深夜的耕读　他选择了经典的红色

三、《赤潮》涌来，冲破"鬼门关"

1921 年冬天 大雪纷飞的徐州城正等待着年关的到来
昏暗灯影下的小巷 几个青年学子兴奋地走着

无人踩过的雪地仿佛前世的遗留 雪越来越大 风不止
一个人突然站定 大声说道 刊物的名字就叫《赤潮》
《赤潮》！！ 众人目光一亮 像黑夜中的一道闪电

冬季漫长 那些想把炉火烧旺的人却被迫离开
潮水的前浪尚未形成 军阀的刺刀便将还没干透的油墨掀翻
压迫如乌云 又一次从四面八方围过来 光明何在
恍惚中 连续的暴雨倾注故黄河两岸 夏日已然来临
陈亚峰前往上海 代表徐州共产主义小组参加党的一大

在铜山北站 姚佐唐和他的工友们一同迎来又一个秋天
日子一天天变短 工活却不停地增加
儿子已经周岁 迷茫之余 这是郁闷中难得的欢乐之源
窗外 一些早逝的叶子凌空飘舞 杂乱的疯狂最终砸向他的心底
虫声漫过来 妻儿入睡 几本翻烂的书更像自我救赎的字典

更多的时候 姚佐唐面色平静 上班下班
他眼里的八号门不再是门 更像一个无底空洞 吞噬着岁月和血汗
一些传闻开始在机器的嘈杂中散开 秋天的铁冷硬无比
"再不加钱真的不能养家了！" "老李又被工头体罚了……"
暗流涌动 一切都在等待某个奇异的爆点

终于 历史迎来了那个永恒瞬间——1921 年 11 月 8 日 晚上 7 点
加班后急归的工人突然发现 八号门大门紧锁
"为什么不让出去？" "为什么锁门？"前去理论的人空手而归

不知道谁大声喊道 冲出去！ 愤怒的工人如潮水般涌向大门
冰冷的栅栏被踩在脚下 作为符号 "八号门"被镶嵌在历史的深处

四、罢工——风雷激荡的一周

那是一次长久的凝望 熟睡的儿子 让姚佐唐的心不住地震颤
他眼圈发青 无眠时刻总是漫长且备受熬煎
两个工友已被开除 若不为他们做主 往后的岁月将会更加艰难
他想 既然历史选择了自己 便要承接时代锻铸的正义之剑
啊！ 凉风劲吹 当姚佐唐毅然走出家门 妻子的眼里有泪光闪现

怒火已经引燃 沿着铁轨传递的声音如雷鸣万吼
罢工 罢工 这是最直接的武器 要让洋人看到团结的力量
姚佐唐站在厂区的中央 坚定的目光越过几重山
此刻 四百余工友把他推举为罢工委员会负责人 重担在肩
工友刁玉祥前往开封 郑州 洛阳 他们发誓要唤醒整个陇海线

11月20日阳光灿烂 从洛阳到徐州的千里铁路线汽笛怒吼长啸冲天
在铜山北站 姚佐唐一边宣读罢工宣言书 一边挥舞拳头
"反虐待""争人格""光国体"口号声如炸雷般响彻云天
那是怎样的景象啊 群情激愤中 有人咬破手指在铁锤上发誓
我要吃饭 我要砸烂这个不堪的世界 我要做自己的主人

火在烧 黄鹤楼下江水拍岸 京汉铁路工人举起罢工大旗
火在烧 外滩上的报童大声喊道 声援陇海铁路工人大罢工
从陇海线到京汉线 从京汉线到津浦线 罢工的呐喊此起彼伏
罗章龙急匆匆从北京赶来 他告诉姚佐唐 要不怕牺牲勇往直前
"勇往直前 不怕牺牲 这就是革命者的魂与胆"

节气已过小雪 空旷的大地上 落叶望着雪花微笑

露出笑容的 还有姚佐唐 以及他的工友们
一个礼拜的抗争与呐喊 一个礼拜的大江南北东西呼应
复工的全部条件得到满足 大罢工取得了最终胜利……
当朱红色的指印落在墨香之上 黎明东方燃起红色的烈焰

五、春月之城，江苏第一个党支部诞生

人间三月 总有美好的回忆 亦有美好的事物诞生
燕子衔新泥低飞而来 屋檐下的姚佐唐意气风发 无限欢欣
难得安静的日子里 有春的柔光洒在姚家的窗前
打开窗户 十里杏花香从远处漫过来 竟有几分神秘
这一刻 终于可以坐下来休息 等待着新生命降临的一天

闭上眼 大罢工的情景依然历历在目
八号门不再阴沉恐怖 每当汽笛声响 机务工人依然会意心间
陈独秀说："陇海罢工，捷报先传，东起连云，西达陕西……"
"这是我党初显身手的重大事件。"
胜利让姚佐唐的信念更加坚定 未来的道路在心中隐隐浮现

春月之城 又多了一颗红色的心脏
春月之城 在徐州城北一个不起眼的地方 姚佐唐得以脱胎换骨
春月之城 江苏第一个党支部在徐州北站诞生 姚佐唐任书记
春月之城 他告诉自己的长子 徐州是他精神的长生殿
从那个崭新的黎明开始 通往未来的征程不再黑暗

六、1924年 一位年轻的工运领袖走进莫斯科的夏天

当一个人的生命不再仅仅属于自己 家国山河便有了色彩
沿着命运的轨道 拉响刺破天空的汽笛 去冲破一切束缚和黑暗
许多次 姚佐唐望着脚下的铁轨思考 革命如何成功

大风吹过 却没有如雨如云般的答案
四季走过 洋人和军阀还不时举起邪恶的皮鞭

怎么办？ 斗争 斗争 唯有继续斗争
年轻的姚佐唐在心里不停重复着这两个令人激动的字眼
当车窗外的村庄缓慢后撤 他的目光充满了对前方的期待
从徐州北站到京汉铁路彰德站 一路小雨夹雪
冬天的严酷也无法阻挡他的热情 一夜之间 彰德站工会矗立眼前

革命的大潮不断向前"为自由而战，为人权而战！"
1923年2月1日 京汉铁路两万余工人拉响了大罢工的汽笛
"全世界劳动者联合起来""打倒军阀"口号声响彻汉江两岸
这是人民的声音 这是正义的声音 这声音让黑暗势力吓破了胆
2月7日 穷凶极恶的反动军阀扣动了扳机
史文彬 林祥谦 施洋……50多名烈士血洒京汉线

这残酷的夜啊 带给姚佐唐的是一次又一次失眠
可这黑夜并没有将姚佐唐打倒 他看到深邃的蓝幕下星光点点
擦干泪水 他带领48名工人代表向北洋政府请愿
当大地的麦苗走向复苏 他又走进郑州 来到革命斗争的前沿
当百炼成钢 1924年 一位年轻的工运领袖走进了莫斯科的夏天

七、低潮中，有这样一个党组织

这个世界 总有一些人在山重水复间寻找出路 比如在莫斯科
赤色职工国际第三次代表大会正如火如荼 掌声不断
姚佐唐慷慨激昂 来自东方的声音竟充满了几分神秘感
许多人看到 黑头发黄皮肤之外 一张青春的面庞写满沧桑与慨叹
夏天 秋天 冬天 异国的锤炼 让姚佐唐更加坚定了理想信念

带着圣彼得堡的美好记忆回到国内 1925 年的中国依然危险
徐州早已无法回去 他率领新组建的铁道队开始了南征北战
从洛阳大捷 到广州北伐 姚佐唐和他的铁道队打出了自己的威严
忘不了武昌城里那块斜飞的弹片 让他昏睡了两夜三天
醒来的那一刻 他看见自己的一条腿 永远留在了历史的另一端

1927 年的上海风雨飘摇 倒春寒让梧桐树失去光泽
4 月 12 日 蒋介石终于撕下伪装 暴露出反革命的凶残
屠刀之下 上海党组织三百多人遇难 南京党组织十余人遇难……
或许是历史的眷顾 白色恐怖之下 姚佐唐和他的铁道队安然无恙
而对于英雄 一次次劫难 只不过是让刀尖上的舞蹈变得更加熟练

潮起潮落 多少人终究没能回到出发的地方
而故乡还在等待亲人的归来 等待着炊烟升起 人们再露欢颜
多么难得啊！百年党史里这样写道：
低潮中 有这样一个党组织 由于机构严密 没有暴露
这是大革命失败后 南京完整保存下来的唯一党组织

八、一条腿，立于天地间

大幕开合 乱世的景象总是无常 而暴风雨即将来临
当历史走进 1928 年夏天 30 岁的姚佐唐迎来人生的至暗时刻
就在雨季中一个沉闷的午后 军警突然包围了他家
他连夜奔逃 从南京到上海 而上海已不似从前
小旅馆的那个孤独夜晚 让他知道自己的人生之旅行将走完

辣椒水 老虎凳 烧红的铁块 皮鞭 假腿也一断再断
还有金钱 地位 美色 以及各种诱惑
当监狱里所有的手段都已用尽 他依然挺起自己的脊梁
是啊 谁不渴望自由 但他知道 没有节气的自由绝不能贪恋

一想到这 他的面前开始有快乐的浪花飞溅

时间如刻刀 把一些东西削廋 却让另外一些事物走向久远
仅仅两个月不见 怀有身孕的妻子更加凸显
啊！我又要当爸爸了 又要当爸爸了 姚佐唐内心悲喜交加
拉着妈妈衣襟的长子望向爸爸 你什么时候回家
泪水在姚佐唐眼里打转 他知道 自己早已把生命交给最初的誓言

望着脸色苍白的丈夫 探监的妻子低声抽泣
丈夫说 不要哭 我是共产党员……
"单腿立世，更著豪情。"
啊！ 这是绝世的风流 有着万丈豪情 有如雕塑一般的永恒
赞美吧 一条腿 立于天地间

九、雨花台 阳光又一次被鲜血染红

十月的雨花台红叶烂漫 十月的雨花台秋雨连绵
10月6日上午 走出监舍的瞬间 骤雨初歇的大地突然阳光灿烂
姚佐唐的脸色更加苍白 可刚毅的神情依然让狱警胆寒
"没有老子参加北伐军，你们怎么能在这儿神气？"
"枪毙我一个，还有十个一百个，你们永远杀不完……"

时间仿佛凝滞 在一处斜坡 姚佐唐和战友们相互回望
这是人生最后的告别 总有一些不舍
回望间 国破山河在 我亲爱的祖国 何时走出苦难
回望间 那个曾经留下过自己快乐的黄浦江 何时成为人民的乐园
回望间 那个让自己走向革命的铜山站 在此刻远走越远

当正义者的头颅昂首向天 黑暗便无法阻挡历史前进的步伐
既然无法陈述最后的真理 喊出中国共产党的名字

那就把灵魂和肉体凝聚成一座山 一座砸向发动派的巍峨大山
啊！大山倾轧 大山倾轧
雨花台 阳光又一次被鲜血染红

历史无法假设 却可以在亲情的河流中回溯
93 年前的那个上午 枪声响起的同时 在南京城另外一个地方
一声啼哭撕裂了窗外的黑暗 一个宁馨儿成功顺产
2018 年 去雨花台凭吊英烈
在姚佐唐用过的铁锤上 我看见了那个孩子纯真的笑脸

抗战在徐州
——纪念抗战胜利70周年

致敬 禹王山

　　禹王山，位于徐州市东北的邳州境内，海拔124.6米，因有禹王庙而得名。自1938年4月28日起，以卢汉为指挥官的滇六十军四万余官兵于此鏖战25个昼夜，以伤亡近两万人的代价，筑起了一道坚不可摧的血肉长城。此役，为台儿庄战役后第二场规模巨大的战役，史称禹王山阻击战。

在苏北平原的山之序列 或许你并不出众
甚至有些矮小 些许卑微
当把你和七十七年前的那场硝烟链接
便须仰视才可望见
巍峨与血性 来自人肉熔铸的钢铁长城

一切都源自卢沟桥边的一个阴谋
不久 华北告急 徐州告急 台儿庄告急
军令如山 千里辗转的滚滚铁流
在丈量过贵州湖南的山川河流之后
带着亚热带雨林的急促与激情 保家卫国而来
那一刻 谁都知道将要发生什么
那一刻 和死神的距离越来越近

深夜的突然遭遇
还是让云南的汉子们猝不及防
枪声是那样清脆刺耳 一声 两声 三声
接着便是暴风骤雨般狂泻的炮声和叫喊声
刹那间 大地塌陷 山岩开裂
原本死寂的黑夜
终于燃烧成一片片血色相连的人间地狱

这是一支什么样的队伍啊
他们大喊着 战斗 战斗 牺牲 牺牲
意志一如脚下的岩石
一个团打剩一个连 坚守
一个连打胜一个班 依然坚守
右臂残了便用左手开枪
失去双腿 还趴在阵地上紧握手榴弹……

二十五天的拉锯战啊 二十五天的同仇敌忾
禹王山的海拔从 126 米下降到 124 米
五月蓬勃苍翠的山色 变成焦黑的写意
那些艰难的日子里
松涛变得暗哑无声
大运河的喉咙被血腥涨的红肿不堪

二十五天的硝烟弥漫 意味着二十五天的生死别离
四万个钢铁战士挺身而出 只剩下两万多人不停地回望
但他们始终战斗着 牺牲者 高唱着——
"我们来自云南起义伟大的地方，
横穿过贵州、湖南开赴抗敌的战场。
弟兄们用血肉争取民族的解放，

……

云南是六十军的故乡，

六十军是保卫中华的武装！武装！"

禹王山啊

苍老的麻梨树不是唯一的见证

当我伫立在经岩石爆裂的战壕之间

一只唱歌的鸟儿正从树梢间悠然划过

我知道 脚下的野草从来就没有消失过

犹如六十军的将士依然坚守在抗战的阵地上

青山处处埋忠骨

安放英雄的城池 如今正郁郁葱葱

阳光之下 纪念碑高耸入云

蓝天 翠柏 汉白玉的仪仗

让迟来的敬礼 有了最伟岸的姿势

禹王山禹王山 请山头的碉堡作证

请浩浩荡荡流淌了千年的大运河作证

后来者的景仰

发自正义之心 来自民族之魂

当历史的诡秘与遮遮掩掩中被广阔的情怀荡尽

请仰望寰宇 去追怀那些业已退去的无名英灵

致敬 禹王山

致敬 禹王山 你这不朽的英雄之山

请记住一个叫"闫窝"的村庄

　　闫窝，一个位于徐州城东南的古老村庄。1938 年 5 月 20 日，

日军将逃难于此的近千名手无寸铁的群众关进一个四合院，用枪
杀、放火的方式，实施了惨绝人寰的大屠杀。惨案后，仅少数几
名群众幸免于难。

每年五月 闫窝村的芦苇都会变得葱茏茁壮
梨树挂满幼小的果实 站在山岗不停地招手
远处浮云飘荡
故黄河在祥和中自由流淌

此刻 我的祖母们开始准备晚饭
暴雨已过 年轻的祖父们正荷锄晚归
再过两个时辰 天空将群星灿烂
村口的戏台会敲响激月的锣鼓

这样的日子平凡而美好
一些人家开始预备女儿的嫁妆
一些人家正传阅着远方的来信
还有一些人家 兴奋中等待着新一辈的诞生
……
可是 1938 年的 5 月
屠刀的阴影如乌云飞升
遮盖了昔日幸福的笑脸
山河破碎 徐州沦陷
闫窝村迈进了历史中最漫长的黑暗

屠戮从一个乌云密布的清晨开始
刺刀 机枪 狰狞着的狂笑 一切准备就绪
油漆剥落的大门被强行关闭
芦苇的秸秆第一次烧向亲人的心窝

没有谁能想象出祖父们的恐惧和绝望

从清晨到午后

子弹横飞　哭声震天

火舌吞噬了院墙　直奔屋顶上的麦草而去

当夜晚降临　整个院落没了丝毫气息

哭声从一场暴雨开始　整整三天三夜

屈辱而苦难的骨殖啊　从那一刻起

就再也没有找到归乡的路途

请记住一个叫闫窝的村庄吧

此前　河边呈现蒹葭苍苍之美景　渔歌唱晚之舒畅

此后却泪水涟涟　顿足长叹

多少年过去了　冤魂依然未散

光荣的运河支队

　　运河支队于 1939 年下半年筹建，至 1945 年 8 月改编为山东军区警备九旅十八团，前后 7 年，历经百战，歼灭日军近千人，伪军 4000 余人。护送千名干部去延安，走过了充满奇迹的抗日之路。

听　那不是运河的波浪

那是来自运河支队的嘹亮歌声

看　那也不是微山湖岸边茂密的芦苇

那是一杆杆燃烧着怒火的红缨枪

那一刻　咆哮的不只是运河水

面对日寇的铁蹄　抗争的怒火已在胸中点燃

那一刻　怒吼的不只是空中飞翔的猎鹰

国难当头　是男人就得站出来保卫家乡

于是　一个洪亮的声音在苏鲁豫皖大地传开
到前线去　到敌后去
一只只抗日的武装四面而来
到前线去　到敌后去
抱犊崮的山谷发出了激越的回响

拔据点　砍日寇　捉汉奸
敢在鬼子头上跳舞　能在邪恶的丛林中百步穿杨
微山岛的黄昏记得突围战的惨烈
利国驿的铁矿石记得鬼子的头颅如何滚落异乡

没有棉衣被褥　就去铁路向鬼子借
没有枪支弹药　就从敌人手里夺
黄邱套的荷花曾看见鬼子魂飞魄散
信号灯记下了铁道飞行队的神勇果敢

河水有情　载着陈毅元帅安全度过封锁线
百姓有情　将一个个伤病员细心照看
七年磨一剑　当胜利的号角响彻华夏的上空
光荣同样属于骁勇的运河支队

现在　终于可以静静地坐在大运河边
看飞鸿南来北往　听汽笛婉约歌唱
七十年前的运河水已不再咆哮
蓝天白云之下　涛声自成韵律
我仿佛看见　一队人马正屹立在河中央

仰望纪念碑

　　1937 年底，日军逼近徐州。当时的徐州机务段程贵组织了两批大撤退。据统计，整个抗战期间，共有 186 名津浦铁路员工殉职。1947 年 5 月，徐州机务段于云龙山第一节北坡修建了津浦铁路抗战殉难工纪念碑。

八月的云龙山　树木葱茏
仰望纪念碑　犹如面对一段凝固的历史
此刻　时间早已停摆
让 186 个殉难的灵魂得以永驻

七十多年过去了　苦难依然没有洗刷干净
拥挤的逃难者仿佛还在路上
爷爷拉着父亲　父亲拽着母亲　母亲拎着女儿
生命之外　他们几乎一无所有

仰望纪念碑　能够看见碑上的人
正以汽笛的嘶鸣划破黑暗
在炸弹和刺刀面前　他们的肋骨比铁硬
脊梁比钢轨还要直

仰望纪念碑　仿佛看见一张张黝黑的脸
正忧心忡忡　在生命和物资面前
他们有时难以选择
唯有多拉快跑　心灵才能得以安宁

仰望纪念碑　能够听到一些细微的声音
沿途的父老乡亲还好吗
站台上的凉亭还在吗

枕木更新过了吗

仰望纪念碑　读着一个个陌生而又熟悉的名字
一种震撼在心间激荡
面对他们的壮举　是否可以坦然
是否能够在生命行将结束之际无怨无悔

仰望纪念碑
我看见一列火车正从津浦线上高速驶过
和谐后的英姿足以将英灵们唤醒
在云龙山麓　一起拉响奔向中国梦的集结号

致敬！ 向着这片英雄的土地

每天 当第一缕霞光映照在巍峨挺拔的纪念碑上
凤凰山的松涛也在晨曦中醒来 像往常一样
一支支队伍开始了庄严神圣的仪式 一班 到! 二班 到! 到! 到!
那是三万一千名英魂铿锵雄浑的声音
一遍又一遍在英雄的土地回响

顺着声音望去 70 年前的硝烟仿佛还没有完全散尽
一个个惊天地泣鬼神的故事让历史惊叹
更有气吞山河的悲壮
从骆马湖畔的窑湾镇击发出第一声枪响开始
一场决定中华民族命运的大决战走向了历史舞台的中央

碾庄圩的晨曦和黄昏不会忘记
什么是血与火的战场 什么是失道寡助惨遭抛弃的悲凉
十米宽的圩沟记得 那个初冬的河水怎样刺骨
可就是凭借着十个人的肩膀 和视死如归的勇气
成为支撑起一场战役胜利的脊梁

还有双堆集的大王庄 在黄昏的雪地上
那名战斗到最后一刻的小战士
甚至听到了血液渗入泥土时的丝丝声响
而无形战场的较量早已通过频密的电波展开

贾汪起义的成功 注定成为宣告蒋家王朝终结的夺命长枪

这是怎样的一场对决啊！ 60 万对 80 万
一边靠着两条腿独轮车 另一边却是飞机坦克以及充足的军饷
"一往无前 决战决胜"人民军队的意志如钢
65 天的艰苦鏖战 1560 小时的奋勇拼杀
终于让威武之师的英名在世界战史上永放光芒

"淮海战役的胜利是小车推出来的"陈毅元帅的话语重心长
88 万辆车你追我赶 哪里有战场 哪里就是小推车前进的方向
历史会永远记住一个叫唐河恩的名字 以及他的小竹竿
1600 公里路程 88 个村庄 小镇
透过这一连串数字 昭示着支前民工永远跟党走的崇高理想

七十年过去了 如今这块血染的土地
早已不再是满目疮痍的旧模样
血色黄昏的悲壮 已交给一城青山半城湖的美丽
一群群和平鸽在这片英雄的土地上自由翱翔
一张张幸福的笑脸 闪回在广袤的大地之上

致敬！ 向着这片英雄的土地
这流淌着红色基因的土地

以大地的名义为他们画像

——谨以此诗献给2020年以来英勇牺牲的江苏公安英烈

序章

又是一年芳草绿 神州大地一派山河清明
这是孕育生命诞生奇迹的季节
春山涌绿春水扬波春潮激荡
这还是思念的季节 细雨织就的斜线里充满忧伤
安心的 或者不安的灵魂仿佛都在等待着什么
幸有阳光和雨季 泪水与鲜花早已准备好远足的行囊

我也是那个准备好行囊的人 手捧白菊花流连于墓园的小路上
在那个无关姓氏 年龄 与身份的世界里
英烈的墓碑静静地矗立在向阳处 显得极其安详
此刻 那些因痛苦而扭曲的动作已定格在过往的某个瞬间
他们正好可以安静地坐下来 回想与亲人一起的旧时光
关于生命的意义可以交给哲学 只是英雄不再 内心落泪

其实我知道 他们并没有掉队
是的 他们没有掉队 白云间依然矗立 警容威严
我看见东来西往的云朵不停地抚摸那些曾经青春的脸庞
似乎在随时准备告别
并目送他们 走向又一个新的战场

一、司元羽说：国家有难，人民有难，我将临危而上

2020 年 2 月 12 日 历史文化名城徐州 大雾弥漫
那一天的徐州异常清冷 那一天的三堡检查站开始车来人往
那一天 司元羽没有第一时间进入工作岗位
那一天 喜欢到检查站光顾的鸟儿第一次没有出来放声歌唱

没有人知道 那一刻的他 眼睛里只剩下最后的微光
没有人知道 那最后的微光里 他看到的世界是什么模样
当战友们破门而入 他已经永远地倒在了床上
飘逝的日历记得 他没能看见下午三点钟的太阳

这是在江苏大地上第一个倒在抗疫前线的民警
从 1 月 28 日进驻检查站 16 个昼夜 他只回过家一趟
同事的孩子生病 他说我来 面对漫长的夜班 他说我来
看见开往疫区的司机没有防护服 他把自己的交到师傅手上

如果时光可以倒流 生活会告诉你他的心底有几多万千柔肠
在长期患病的妻子面前 他是那个端水熬药的丈夫
在与癌症作斗争的父亲眼里 他是那个不能倒下的儿子
他更是那个把套房让给岳父母 自己却住出租屋的女婿……
而在青春灿烂的女儿心中 他就是那颗最温暖明亮的太阳

一颗生命在 47 岁的壮年戛然而止了 戛然而止
当他把那句简单质朴的铿锵之声砸进大地的深处
鲜红的党旗上 又增加了一道属于江苏公安民警的荣光
"我叫司元羽，我是共产党员，
国家有难，人民有难，我将临危而上！"

二、SUNNY 和他的"来来"与"往往"

每个人都有自己的梦想 小时候的 SUNNY 对老师说
"我要当一名警察" 老师问为什么 SUNNY 说
"我要抓坏人 不让好人受伤"
终于有那么一天 中国人民公安大学的教室成就了他的梦想

后来 面对庄严的警旗 他举起右手
那一刻啊 一股股热血不断冲撞着他起伏的胸膛
喜欢阳光的人 一定喜欢河流 喜欢那个叫浏河的地方
更何况 从浏河镇的码头出发 挺立船头的郑和曾七下西洋

浏河的清波一定记得 那个高大帅气的男孩思考案情的模样
当梅花草堂被夕阳划过 他又一次走向案发现场
看一看浏河镇派出所的记录吧:"零"行政复议 "零"行政诉讼
一个零字的背后 正是一个新时代法制员对理想的坚守和信仰

庚子年初 疫情肆虐 他毅然选择了迎难而上
面对 80 多名密切接触者 他和战友们不放过任何疑点仔细寻访
当价值 39 万的口罩诈骗案曙光初现
匍匐倒地的他 再也没有从办公室的地板上走向抗疫的战场

他走了 留下一张没有画完的导图 一场没有完成的"疫"战
他把 35 岁的最后一缕阳光留在了浏河镇 留在浏河的荡漾里
留在写有"来来"与"往往"的便笺之上
他叫位洪明 SUNNY 是他的微信名字——一个阳光男孩
"来来"与"往往"是他最珍爱的女儿
他发誓 要用天堂最亮的星光 陪伴他的"来来"与"往往"

三、太湖，请把最美的花径留给一场迟来的约会

我知道 三月的风一定在寻找 寻找那个曾经熟悉的面庞
三月的太湖大堤也在等待 等待那个叫荣志珏的民警
他曾亲口许诺 要拉着爱人的手 共同走过一段浪漫时光
可隔着两个春天的太湖 哪一个路口才是他前来践约的方向

就在疫情肆虐的上一个春天 一场酣睡让他把家人给丢了
也把那么多亲爱的战友给丢了 他睡得那么深 那么沉
甚至没有感觉到卧室地板的冰凉
或许在那个世界 永远都充满着温暖 让疲倦的他沉醉于梦乡

妻子说 可能太辛苦 睡着了
徒弟说 他亦师亦友 更像自己的老父亲
社区干部说 有老荣在 防控小分队没有打不赢的仗
专案组的战友说 他破案的韧劲钻研劲 永远是我们学习的榜样

请记住他人生中的那几个最后吧
2018 年除夕夜 面对人生中的最后一次采访
他迟疑地说道 来马山所 8 年 我没有一次回家吃过夜饭
临危受命侦破的最后一个大案 3 万余名投资者 案值 3.3 亿元
最后失约的诺言 和妻子一起踏青赏花闲逛

人生能有几个十一年 马山派出所的日子却给了他无限荣光
个人三等功 4 次 嘉奖 9 次 公务员考核优秀 6 次……
如今 他依然在每一个清晨诵读着入警誓词
而他更想在太湖四季的美景里 和心爱的人一起到地老天荒

所以 太湖啊 请把最美的花径留给一场迟来的约会吧
在春天里丢失的 在春天里找回

四、尖刀后的空间 生与死

"那把尖刀 戳进你的皮肉里面 并触及骨头 痛
可你没有时间多想 那些与死亡无关的其他欲望
石破天惊的短暂 7 秒 最终成为不堪回首的过去
死别 然后生离 你把尖刀后的空间 留给了阳光与理想"

一位诗人在看到王涛、安业雷的事迹之后 禁不住真情流淌
诚挚的战友情 人民警察的刚直脊梁 以及罪犯呈现的疯狂
历史已将那个瞬间永远地烙在了淮安大地之上
咆哮的运河水啊！ 请把他们的故事说给大海 说给星辰

就在最后的告别时刻 一位市民真情地写道：
"人民的儿子：谢谢你们曾经来过，
让每一双眼睛饱含热泪且坚信光明。"
人民警察为人民 人民警察人民爱 几多警民情深的回响

其实 他们都是普通的人
就连最后的话语也朴实得像泥土一样"往后撤，作防护！"
五岁的女儿盯着照片看王涛 她不知道
他们不止隔着一道墙 此后的人生路要靠她自己去丈量

"首善之区、第一窗口、暖心之城"在这个明珠般的新城里
王涛走得坚实有力 17 本工作学习笔记承载着他的人生理想
那里有案件侦查"战术大师"的心机 有"老班长"的责任担当
如果允许 我想在扉页上写道：
我叫王涛 一名光荣的人民警察 我将不负重托
把人民的利益牢记心上——

五、大运河畔 又见王杰精神的光芒

千里京杭大运河 浩浩荡荡 在邳州优雅地拐了一个弯
副所长吴龙从运河所到运西所 却让人生拐了更大的弯
这是调到运西所的第三天 这一天 他把警徽擦拭得异常明亮
没有人知道 再有 18 个小时 命运将把他带到世界另一个地方

看一看他人生最后的轨迹吧
2020 年 11 月 11 日 8 点 20 分 晨会 布置梳网清格
9 点整 他和战友刘延到三连社区走访
13 点 30 分 受领任务赶赴抓捕现场

21 点 20 分 连续工作到 9 个小时 终于闻到了饭香
22 点 30 分 警情传来 迅疾回到所里制定突审方案
翌日凌晨 2 点 初战告捷 回到办公室休息
这一觉 他再也没有醒来

对时间的记录是枯燥的 和时间赛跑的人却有着坚定的方向
25 年从警路 他始终任劳任怨 从未彷徨
战友都说他是铁打的
他自己却说 咱就是民警 民警就是破案 苦中有乐

破获邳州第一贩毒案 乐是他冒着生命危险将毒贩成功收网
面对群众的生命受到威胁 乐是搏斗中不惧危险导致脊椎损伤
纠纷面前 乐是他连续五夜值守 直到病患家属离开现场
疫情中 面对密切接触者时 乐是他的那句："我是领导我先上！"

白云悠悠 大地蓝天 桃花岛的春天发出了邀请
穿过银杏园的时光隧道 我看见民警吴龙 正走在回家的路上

六、用生命最后的光，迎接温暖的春天

"没有一个冬天不可逾越 没有一个春天不会来临"
这熟悉的诗句 曾让多少人不再感到庚子年严冬的漫长
当又一个新春即将到来
苏州民警刘道华 却倒在了执勤的岗位上

那是腊月二十六下午四点 厚重的云层让黄昏失去应有的光亮
平素动作潇洒的"老刘"脚下一滑 从此倒地不起
这一天 他已连续十天坚守在查报站
这一天 距离他正式退休只剩下不到九百天

有人问 他是一个怎样的人 胸前的记录仪不会说谎
他是那个每天第一个到岗的人
他是那个"有老刘在，我们就有热水喝"的人
他是处理汽车抛锚时 总在后面不惜力气使劲推车的人

他还是那个和自己处罚过的外卖小哥一起吃热干面的人
那个鼓励工作不如意的外地打工兄弟 并送上零花钱的人
他还是那个将烫伤小孩 高烧抽搐 昏迷老人救回来的人
可这一次 他是那个没能把自己从死神里救回来的人

妻子说 他的眼里总是路
老刘说 马路上都是群众 群众的事情没有小事情
战友说 再有两年你就要光荣退休 可以好好享福啦
老刘说 退休后门口的岗亭留给我
其实 他是这样的人——
用生命最后的光 迎接温暖的春天

七、儿子走了我还在，一顶警帽两人戴

"敬他们满身伤痕还如此认真
敬他们逆流而上还奋不顾身
敬他们泪流成河还如此诚恳……"
这充满深情与敬意的诗句 是写给时席席父子的

让日历翻回到 2020 年 2 月 11 日晚上
铜山巡特警大队辅警时席席突发心梗 倒在了抗疫一线
40 公里外赶来的父亲再见到儿子 已不是从前的模样
4 天后 时卫东戴上儿子的警帽 强忍着痛苦重新走向战场

这是怎样的一对父子啊
儿子 30 岁的青春年华 已见九年的真刀真枪
父亲在儿子的鼓励下 3 年前成为辅警 当仁不让
当抗疫的指令从中南海传来 父子纷纷报名 尽显男儿担当

或许 他们没有宏伟的理想
席席跟媳妇解释说 工作就是这性质 再危险也得上
或许他们没有更多的抱负
在大雪纷飞的夜晚 席席对战友说说 我胖 比你们抗冻

17 天的艰苦卓绝 巡逻防范 防控宣传 维稳处突
白天 50 公里 夜里 30 公里
那不是在风景里徜徉 是在疫情的悬崖边踮起脚尖瞭望
当铜山区疫情零报告的喜讯传来 时席席的灵魂终得安放

啊 疫情未去时离席 英灵早逝去何方
儿子走了我还在 一顶警帽两人戴

八、借一抹天边的彩虹，画出他们的模样

当我画下家乡 稻子 小麦玉米 我就画下了他们
当我画下奔腾的长江 大运河 我就画下了他们
当我画下紫金山云龙山金鸡湖的杏花桃花 我就画下了他们
这个春天 借一抹天边的彩虹 我要画下他们的模样

我要画下斑马线 那是交警披星戴月
无悔的岁月里 他们战胜了一次又一次雨雪风霜
我要画下街头巷尾 那是片警用脚步丈量
百姓的安宁 是他们心中最大的愿望

我画下案发现场 警戒线里是刑警忙碌的身影
不放过任何蛛丝马迹 人民的利益至上
我画下我飞车走壁 装备精良的巡特警
面对歹徒 他们的子弹能够百步穿杨

我画下屏幕 跳动的符号中有网警睁大的眼睛
暗网涌动 要给网民们一段静美时光
我画下高墙 电网森森下的监管民警
用涓涓细流 让曾经被污染的心灵走出阴霾重拾希望

我要画下算盘计算机保险柜 那是经警在工作
我要画下摩托艇 鹭鸟 那是水警的伙伴
我还要画下户口簿 攀谈的姿势 那是治安警的模样
我还要画下灌木丛 热带雨林 逼仄空间 那是缉毒警的模样

我要画下那个没有时间约会的人
我要画下那个没有赶上女儿生日的人
以及那个没能给妻子做一顿饭的人

那个一次又一次推掉儿子家长会的人
那个没有见到父母最后一面却强忍眼泪的人

九、使命与信仰

"伟大的祖国赋予我使命
复兴的民族给予我力量
……
人民公安向前进
我们的光荣在警旗上飞扬"

这是属于铁血男儿的歌唱
这是属于铿锵玫瑰的向往
这是人民警察的使命与信仰
当祖国需要　必挺身而出　绝不辜负人民的期望

啊！长河激荡　站在"两个百年目标"的河岸之上
新时代的人民警察已整装待发
他们必将坚定理想　践行誓言
让警旗警徽放射出属于这个时代的灿烂光芒

让警徽闪耀　让警旗飘扬

——写给第一个中国人民警察节

小时候　老师问我长大后的理想
我说　我要当一名光荣的人民警察
后来　这个志愿终于在高考后实现
迎着初秋的朝阳　我昂首挺胸走进警校
再后来　面对警旗　我举起右手
那一刻啊　一股股热血不断冲撞着我起伏的胸膛

我是一名交通警
斑马线上　送走寒冬酷暑　不惧雨雪风霜
我是一名治安警
街头巷尾　用脚步丈量　社区百姓的安宁是我最大的愿望
我是一名刑警
案发现场　不放过任何蛛丝马迹　我坚信人民利益至上

我是一名巡特警
紧急关头　我飞车走壁　面对歹徒我的子弹能够百步穿杨
我是一名网警
暗网涌动　我睁大眼睛　我要给网民们一段静美时光
我是一名监管民警
高墙之内　我将用涓涓细流　让他们早日走出阴霾重拾希望
我是反恐警察

我是禁毒警察

我是法治警察

我是水上警察

我是内保警察

我是国保警察……

我是"社区闺女"金晓婕 我的社区我的家

有我在 社区就会沐浴着和谐的阳光

我是国安"百佳刑警"刘凡伟 面对警徽警旗 用热血铸就辉煌

有我在 黑恶势力就无法猖狂 他们注定难逃覆灭的下场

我是"老实人"郭露 我要把 36 岁最灿烂的微笑留下

我是"王杰式民警"吴龙 我多么想和战友们再度奔赴战场

我们都拥有一个共同的名字：中国人民警察

我还是这样一个人

那个没有时间约会的人

那个没有赶上女儿生日的人

那个没能给妻子做一顿饭的人

那个一次又一次推掉儿子家长会的人

那个没有见到父母最后一面却坚忍眼泪的人

警情拉响 我将挺身而出 千里追逃 除暴安良

歹徒面前 利剑出鞘 我要用生命和智慧守一方平安

洪水面前 我是那个挨家挨户敲门的人 不放弃任何生的希望

疫情面前 我是那个临危不惧勇敢逆行的人

我是章良志 我是司元羽 我是时席席

当那么多人劫后余生 我知道 我没有让警徽失去应有的光芒

因为我们都拥有一个光辉闪亮的名字：中国人民警察

从 35 年前南国重镇广州第一声警铃响起
我和我的战友们便没有辜负党和人民的期望
今天　我们有了属于自己的节日
这个从无数次浴血奋战中走来的队伍
此后道路更长　我们将不辱使命　给警徽争光

长河激荡　我们定会忠诚担当
在这个神圣时刻　我们更加信心坚定　充满理想：

"伟大的祖国赋予我使命
复兴的民族给予我力量
忠诚的道路浴血荣光
英雄的足迹越走越长
听党指挥 坚定信仰
公平正义 法律至上
惩恶扬善 剑出锋芒
平安中国 无悔担当
人民公安为人民
我们的名字在警徽中闪光
人民公安向前进
我们的光荣在国旗上飞扬"

让警徽闪耀　让警旗飘扬

吾有桑蚕之地　　吾有海棠花开

——写给一个叫棠张的小镇

一

把那些场景依次移动　并唤醒
从歌舞乐宴　植桑养蚕　到鸡鸣犬吠
让树上的喜鹊重新打开喉咙
两千年算什么　最坚硬的石块只不过眨了下眼睛

想想那年的春风十里　琅溪河畔的柳色正浓
一个叫解忧的姑娘正待西行　三百首彩丝啊
由最好的蚕倾吐　由最好的技工抽丝　最好的工匠印染
那些日子里　蓝天吞吐大朵的云彩　桑叶妩媚蹁跹
河水欢唱乡贤的乐谱　同竹简一起留在时间的深处

她就是那个从悲歌里走出的人
决绝地将懦弱交给一座山　换上了温柔的帖子
而千里之外　茫茫草原上的乌孙国已开始放飞雄鹰遨游
一把五色土　一缕琅溪河畔的金柳　将故乡安放在箱底

车轮开启　蚕的梦开始有色彩跃动
绿色如宿命般一直延伸到遥远的天际　残月西沉
那一刻　一副单薄的躯体就是五千里江山啊

此去经年 白发将在哪个尘世安家

二

桑田依然连绵 海棠花盛开之后
六月间是最紫红的日子 无名小儿满嘴都是甜蜜
沿着琅溪河畔 鱼鹰张开了细长的嘴巴
借轻薄的石片作水上漂 童年的天真胜过渔夫的机智

这良辰美景啊 无须战火的叨扰 许多人暗中许愿
就作屯粮之地吧 看五谷丰登 听农谚禾声
就作养马之场吧 看乌骓的后代如何嘶鸣奋蹄 拉动犁铧
就作刀枪剑戟的仓库吧 只在伤痕累累的树上再砍上一刀

沉没在黑暗里的眼睛 是冬日的那些海棠
三月里的某天 海棠花开
忽报前谷堆粮仓已满
而桑树蓬勃时刻 又报后谷堆里粮仓亦满

烽火台用月色远远地看着这片土
没有烟火的日子寂寞无比
刘氏打马过来 只读清风明月 绝不挥舞刀剑
朱氏走下轿子 只看宝塔高耸 依栏目送飞鸿

这和平的土地啊 是满山坡的海棠孕育
是桑蚕的轮回蝶变 谁都知道
能借着晚霞唱歌的人 有几个不是照看蚕宝宝的人呢
在最微弱的呢喃里 桑叶和蚕娘的拥抱胜过万千柔情

吾有桑蚕之地 吾有海棠花开

三

凡寂静的事物都身怀绝技 一如这琅溪河水
从来不惧时间的漫长 流着 流着
就把一棵棵桑树甩在了时间背后 窃窃私语之间
丝绸已越过草原 羊群之上闪烁着光和影

寂静的还有那些木镟技艺者 他们中守正道
嘈杂中感念生活之美 一刀刀 一道道
一不留神 木头便口吐芬芳 菩提生香
坐在秋天深处的农妇 早已把芦荻的心思看透
寂静中 她们略施小计 芦荻就成了一艘在雪地上游荡的小船

许多日子 琅溪河想停下来歇歇脚步 落花却无意停留
就在一处优美的河湾 海棠优雅地启程
二月河开 三月就看到彼岸花树繁茂 刀影如虹
七百斤的石鼓丧气地蹲在地上 身旁 林探花静若处子

等待一场花开需要静 一个人的内心若强大 只因静了下来
殿试场上 人潮涌动 一百八十斤的长柄朴刀闪亮如雷电
正翻江倒海之际 过米的长刀却开了小差
林探花毫不惧色 一个脚背金钩 长缨依然在握

四

长河落日圆 琅溪河边落下的都是家雀和雨燕
一些人去了远方不回 它们住下来就是整整一生
比如在牌坊村 长相粗糙的麻雀一次次地聚集在郑家的庭院
歌咏对唱间隙 围绕石碑凝望 恍若隔世
没有谁知道 在林子的深处 它们也有自己的忠贞誓言

关于那个李姓状元 已没有旗杆证明 白云杳远
当石碑没入历史的墙基 功名利禄即成烟火人生
康熙是否醒悟且交给历史 牌坊村成就了自己的传说
——取自平凡中的名声 必然复归平凡的生活 一如河流汤汤

琅溪河啊 习惯了四季的风雨苍凉 遇到童音便手舞足蹈
走出马兰的那间草屋 郭影秋开始在"四书""五经"里寻找新的世界
六岁启蒙 七年苦读 送走星辰无数 浪花无数
当他伫立在琅溪河岸边挥手告别 桑树落下了此生第一枚叶子

那些被灌木丛遮蔽的亲人 也从另外一些土堆里走了出来
静静地听着琅溪河的水声 夜色中
有人看见他们相互拥抱
也更像活着的时候 说的都是海棠花间的逸闻趣事

五

去冬少雪 琅溪河一下瘦了许多
幸有岸边的那座艺术圣殿 捧出《玉珠雪羽》以滋养小镇
"羽毛上是否落满了雪花？"许多人自问 直引白鹭暗笑
想想春天还有多远 读一读墙壁上的白梅就会知道
而梨花在人间的一切 被一对鸭子偷窥 有人便说道春江水暖

洁白的还有一根根蚕丝 似乎永远也扯不完 无论夜与昼
女工的手已经泛白 八个小时以内 她的身心将交给流水线
为了一个好听的名字——"戴梦雅"所有人都一样执着
只因这里是棠张 可以守望家园 共筑那座温暖大厦

还有那个讲故事的人 头发已经灰白

说起前辈的故事 他是如此虔诚（几乎想跪着讲）
任何人都可以想象 他肯定是从某一个深冬的夜晚走来
尚未抖落头上的积雪 就突然来到一群陌生的寻访者中间

这样的讲述离不开整洁的农家庭院 孩童在怀抱中望着前方
"妈妈下班就来喂宝宝了"奶奶的话语如神话般悠远绵长
行道树整齐排列 她们不在乎等待 春风在她们心中已刮许久
只有琅溪河按捺不住 早早地融化了最后一片薄冰 一去不归

六

赞曰：
吾有桑蚕之地 吾有海棠花开 此生何求
琅溪河的流水啊 谁遇见了都是一场深醉
当兰舟远去 有丽人行 有大雁归
而那个一再东望的人 正安睡长安 不再梦醒

吾有桑蚕之地 吾有海棠花开 此生何求
遍野蔬绿已敞开心扉 美芹婀娜 莴苣叶美轮美奂
挑着灯笼的西红柿正沐浴春风 已不需用伎俩换得额外的满足
来自大地的恩惠 要忠于泥土质朴的灵魂

七

吾有桑蚕之地 吾有海棠花开
我在琅溪河边 只为等你归来

梨花与缅怀（组诗）

我看见一个人的披风如此峥嵘

在金刘砦　人们早已习惯了广阔的事物
故黄河的每一次摇荡　都有凤凰的尾翼在舞动
在金刘砦　也欢迎那些细小的事物
只要有草丛　就会有粒粒泥丸替蚂蚁讲述那个古老的传说

作为一个误入某个故事里的人
于一片田野之间　我看见一个人的披风如此峥嵘
二十四米的长度啊
把两千多年的风云都压在了下面

或许　那正是一匹马与另一匹马的距离
一个计谋与另一个计谋的高低落差
在可能的维度下
它还是一片云同一条河流的差别

披风上没有镌刻姓氏
走向这里的人　除了回家　便是来体验风的巨响与浩荡
给自己提提神　抑或作冥想用
然后借一片无雨的天空　翻晒翻晒心中往事

梁寨的油菜花

淹子湖边 黄色的氛围需要借助彼岸去烘托
在整个花季 高低错落的摇曳令春风不知所措
而远处 一个个圆形的土堆边
那些花开得正艳
其实 里面的骨殖 曾经一样娇艳美丽

梁寨的油菜花 有着极其洒脱的性格
三三两两间 总是围绕着泡桐树柳树杨树槐树唱着闹着
篱笆间的黄艳最容易在黄昏里迷失
如今 已没有荷锄晚归的人
借助月色深处的浅黄 金星在寂寞中隐没在黎明到来之前

状元碑园

三百多年风雨 有多少湮灭与新生
此间 一条巨流在园子的近处停止了呼吸
状元碑也一分为二
在泥土和雨水中寂寥残生

百里之外"状元及第"的牌匾已微尘铺面
灰色的院墙上青苔点点
"这里隐伏着的委屈与淡定"
与"鳌头独步"的豪迈相比 隐居是另一种独步

生活中没有假如 考卷的背面是无法预料的未知
状元碑可以重新竖起来
被截断的历史却无法复原重现
此刻 能沿着园子悠闲地转悠 生活无比美好

二坝湿地印象

黄河水在这里一声咆哮　万顷良田成为水的世界
黄河水在这里音色渐哑　满地黄沙从此飞扬
而沉淀下来的一片水域　将自己装扮成一个月牙的形状
不是喜欢月色朗照　有些沙　喜欢和水一起讲述历史

至于后来　梨树和梨花　鸟鸣与芦苇
都是比照人心　开的时候灿烂　叫的时候朝天
可我们都是凡夫俗子　一些鸟蛋作为好奇而被迫失去传承
一些槐树的魂魄因为香与白　被折断　被丢在半路上

是的　我终究喜欢的还是那月牙上的水声
那一年　一个房车队伍集聚了三十余辆车来此庆祝嘉年华
他们点燃了火的气息　让曾经的羊群都跑到了天上
一些枝丫成为灰烬　一些青草的呻吟成为另一类黄河水的咆哮

"给我的生命赞助的　必将得以延续明天"
水清之日　我想看到梨花白　看到菖蒲满眼自信
如今春日来临　谁会在二坝湿地上播种善良呢
一路槐花　我歌唱的女神啊　我能借你的眼眸看望前路吗

梨花与蝉

为梨花剪枝的人早已安睡
而梨花年年走向人间
一片片摇晃青春
一片片　一片片都有着各自的梦幻

我是在夏日的月光中进入果园
被安排的命运 并不适合热浪后的夜色与焦虑
酒后的一切只能交给酒精去处理
有人说 蝉不是七年才能走出大地吗 可谁会完全相信呢

不得不说起那些枝丫 粗矮并有着纠缠的习惯
只能俯下身去 让颈部的肌肉紧张再紧张
此刻 小小蝉 尚未脱去泥土 已盯在裂纹满身的树间
它们不喜欢有盐水的瓶子 而我们却制造了一些人间地狱

雷暴雨就是在这个时候倾盆而下
想想也是 当你诅咒的时候 万物皆恨
若让一个原本要嘹亮一个夏季的蝉失声
另一个声音自然要到来 它不是自己 它代表一种秩序与规范

凤鸣塔

万历十八年的某一天 护城河里鱼儿欢跃
一阵阵铜铃声在空中打着旋
祥云飞来 似凤凰状
有人在塔上望远方 有人从远方对着塔欢叫

七阶八角 砖石厚重如书
四门洞开 窥视秦汉风云
秋风是她最惬意的伴侣 长风阔大无比
若问谁见证谁的历史 两千年不比四百年更遥远

一些故事一旦和天子有关
彼时的风物定有威仪 或长如江 宽如洋 高齐天
最好选择某个黄昏 细看她的影子慢慢游移

像一个说书的人 把夜晚当作一场梦的开始

芦苇凝眸的片刻

大沙河的秋天 有芦苇丛翩翩起舞
迎着大风 河水越来越瘦
不远处 一棵芦苇独自向天
她实在想象不出故乡最初的模样

她不确定自己是哪一次洪水宣泄后的遗产
每一次凝眸 都有鸟飞过 或云舒云卷
六百余年里 无数疑惑夹着泥沙浩荡流过
而凝眸的片刻 都是坚定地站立

芦花白了 一年即将过去
就像一个人 默默地走向年华的最深处
谁都无法阻挡那些消亡与消亡之后的再生
惟凝眸的片刻 不空不色

第三辑

旅痕

铁流与湖水的交响（组诗）

一、运铁河之波

一些河流 注定与众不同
比如运铁河 900 余年从东往西 从不被怀疑
野鸭子自由自在 不恋芳草与岸树
沿着落日的方向 去寻找大宋时代的韵味

曾经的时光 有时是一串串货船相连 阳光下浩浩荡荡
偶尔也有独舟逆行 那一刻 清波微澜
伫立船头的人 披一身早春的薄雾
在二月融冰的河流里念念有词 风依然刺骨

他一定是梦见了柳泉西的南山 从一滴岩石下的造化开始
一路奔涌而去 珍珠泉母猪泉应声而歌
仿佛被日月雨露草木喂养的甘洌
正好成为船的滋养 风也正 一帆高悬

那些静下来的铁矿石 开始思考未来
烈火焚身 是最后的唯一选择
一想到能够成为箭镞 弓弩 以及削铁如泥
在水上的远行 就有了难得的意义

桥是后来者 利南北人和
撑伞的人 被后窗透出的目光打量
苏北的雨水不急不慢 在最后的蝉鸣间
一枚从残柳上摇荡的叶子 落在船桨搅动的水波里

咆哮不属于运铁河 奶声奶气也不属于他
南北汇流之地 河与人相通
可以想象 运铁河的尽头 有着一轮怎样血红的夕阳
船还在 铁流已交给 900 年前的百炼钢刀

二、我看见宕口的微笑

我看见宕口的微笑 在失忆的矿山深处盛开
多余的碎片 见证着有用和无用
被掏空的 不止铁矿石 与时间
一切皆有因缘 如何丢失的 将如何被重新找回

而在疤痕上种下一粒春色 是唤回记忆的最好方式
鸟雀带来种子 雨水带来肥料
在月色彻底清亮之前
也不会再有外来的蛮力 以及倾轧了

野兔们在林间闪烁着眼睛 安静至极
不似宋代的轰轰烈烈 特大号的封箱要多人伺候
那时 树木山林已经在大半个中国消失
冶铁的木炭 却一再告急

而低处的悲伤 没有多少目光去关注
从铁矿石变成冷兵器 一船船运送的 还有将至的死亡与无辜
多年以后 山渐渐变得虚弱不堪

直到石头仅仅只是石头 直到石头没有了铁骨

或许有一天 更多的人会看见宕口的微笑
借着二月八月的云彩 将影子投射在细小的岩粒之上
"终于可以回到故乡了"
如果这样的声音从地心深处传来 该是多么难得啊

这个曾经被铁流凝固的小镇 出生之日便充满传奇
看看满地的紫色碎花 南瓜花丝瓜花显得无比夸张
木船已经上岸 宕口不再呻吟
我看见的所有微笑 在宋瓷的疤痕上 尤其灿烂

三、叮叮腔

一天都无法中断 这乡野处要命的声音
铁流已在坩埚里翻滚 湖水暴涨
庆生的报丧的汇聚在小小村落 月落西山
船已回到港湾 交头接耳的人回到了石屋
梦中人还是拉扯着嗓子 唱完整版的《十八相送》

旯旮里的虫曲 篱笆上蜜蜂的嗡鸣
石榴花落地时的咳嗽 珍珠泉响亮的口哨
都从那钻过巷口的声音里抖落下来
在最后的部分 码头上走来一群南北商行的老板

这"九腔十八调七十二哼哼"简直是史上最佳组合
一把月琴让微山湖水涌上大堤 野鸭子振翅高飞
十字头 乱弹 铜器调 披甲调 拉马调 潼关调 打揪调
彩腔 春腔 哭腔 昆腔
调调不同 一腔腔有时如黄钟大吕 时而又如泣如诉

没有人记得是从哪里开始 小酒馆的醉意足以壮胆
你亮亮嗓子 他吆喝吆喝
唱豫剧的走了调 改唱黄梅戏 甚至秦腔
"真恣！"这个叹词直把叮叮腔的胸膛挖到见血

而那些将一生交给叮叮腔的人
在虚拟的升天仪式里 从苍凉走向永恒

四、白家桥的春天

那年的春天来得晚 等白郎从南方至
桥边的迎春花才张开第一片唇
她唤着风 唤着雨 也唤来了良家少女
相遇 让爱情从书页走进有炊烟的人间

后来 桥上走过的人越来越多
燕子会在雨前捕捉那些幼小却矫健的飞虫
快马换了一匹又一匹 国事紧急
桃花杏花梨花纷纷落下 在运铁河上西流而去

那一年 萨都剌旧地重游
豪情万丈间 登戏马台 游云龙山 看燕子楼
唯独利国的冶铁高炉 他未读真容
可他有言在先 且开怀 一饮尽千盅

李蟠没有错过 乘着酒兴看运铁河的波浪
饮酒的间隙"铁岸铜涯"被他用毛笔写了一遍又一遍
拎着一壶老酒 杏花楼前的风声极其细微
一个趔趄 燕子从最大的桥孔下闪电般飞过

啊！　白家桥的春天如此美好

600 多年的旧时光

没有哪一年的花开　比铁流如水的激越更加璀璨

五、一个人的铁血柔情

从密州而来　已错过桃花

七月里荷花茂盛　诗情却因洪水败兴

结庐城上　三过家门而不入　朝云的心亦泡在雨中

1077 年的徐州　因为一个人的城头伫立　山河无恙

是冬无雪　鹤的羽毛成为山野间唯一的点缀

白鹤在春天又长了一岁　西南空隙间　她飞而复返

放鹤　饮酒　引舟河心弦歌再起

大水没有淹没的地方　酒香却洒满黄茅岗的黄昏

久涝必久旱　雷公和人间玩着捉迷藏的游戏

城东二十里石潭祈雨浩浩荡荡　上香　跪拜

有豪雨倾盆而作　苦难在逗号句号间张力消减

谢雨路上　他听到了枣花落地的声音　敲门喝茶　茶香四野

本来　生命的旅程已交给诗歌书画　交给堤坝楼台

可世事艰辛　这场人生苦旅注定要加入煤和铁

从此　煤燃的熊熊大火　让冬日的夜晚酒歌不断

犁铧以锋利的尖头呈现五谷丰登　百炼刀在边关迎风击雪

多少苦难饥困　他不顿足捶胸　不唉声叹气

筑大堤　起黄楼　引丁塘之水治理石狗湖

上书皇帝　洋洋洒洒间文韬武略　豪情万丈

因为煤和铁　冬天不再有骭裂的严酷和痛楚

不必怀疑他是否把玩过利国的铁矿石

在他不多的梦里　煤和铁异常沉重

作为一生的留白　铁流过后的沉寂是岁月的静好

当他以静态的雕像之身近望运铁河与白家桥

终老徐州的梦想　在900年后的一座小学里得以实现

……

可他终究属于皇帝　布衣口袋垂落　空空荡荡

一船明月倾泻　留在远去吴中的路上

六、湖畔渔火

那么　能回到最初的

也只有这夜火与旧马灯的摇晃了

小酒馆里人声鼎沸

意识到已经是第三次翻台　老板不由地直了直腰

曾经　多少个风雨飘摇之夜

让岸上的灯火　成为温暖的等待

可仍有人没有回到岸上　回到炊烟之下

而故乡　并不遥远

陷入泥淖的　还有黎明前的月色

那些被生计所困者　早早地站在大堤之上

他们等候着渔网收拢的消息

这一次　他们都揩足了价码　鱼越来越小

欢乐与苦难　不止一次冲破了欲望的底线

芦苇丛中　野鸭子一再潜入水里

生活时常如此 被掠夺的命运
在掠夺中并未得到重生 而近处的湖岸已经冻成坚冰

渔火中 更多的人看到了希望
他们生儿育女 听鸡鸣犬吠 哼叮叮腔
尽管他们也需要躲避盗匪响马
需要远远地看着官兵们 从大堤上飞奔而去

如今 木船已经腐烂
心中的渔火 是被小康生活点燃的知足常乐

七、西李村石头城部落

在西李村不要去找石头（石头会找你）
西李村的那些石头都长有眼睛
他们会盯着你看 看你的经历与哪一块石头相仿
如果谁在那些纹路上找到未来的去向 石头会咳嗽一声

上山的路是古旧的 也有新辙
石磨随处可见 沧桑岁月里刻录着驴子的喘息声
许多石头显得灰头土脸
还有几块被鸟粪描绘成抽象画
我看见一只白色的野猫 逍遥地从它们上面走过

趁着风骤然停下 早逝的树叶得到了片刻安静
不下雨的日子 溪流成为自来水管的译文
好吧！ 无论是决定继续攀爬还是席地而坐
在半山腰 可以指点来路 回望历史在哪里接续

百日菊 硫黄菊是别处移栽而来

土生土长的山花在更隐蔽的地方呈现包容
石头已经足够多　能够湮没在时光深处的　请继续沉睡
在沉睡中　这个部落也不会寂寞

此处玄机　船可以悬浮在空中
以过道和门厅的语境示意曾经的理想
就像在微山湖的漩涡里　竹席搭建的船篷用来遮风挡雨
在西李村　浪漫与童趣　终究无法摆脱渔村的老味道

是的　能称作石头城　绝非浪得虚名
曾几何　三山不见　荒草萋萋"秋丘"在此

八、驿道黄昏

每一个人的黄昏　都会留下长长的影子
当马可·波罗经过白家桥时　枣红马不停地嘶鸣
这意味着　一个外国人已经走进了铁流四溢的小镇
此刻已是暮色四合　小酒馆里坐满了八方来客

从春秋开始　经过这里的人无数
骑马的行船的步行的　都惊异于铁流与湖水的味道
只有马可·波罗　以蓝色澄澈的目光目睹了铁水红
这让古老的驿道　有了开放的深刻记忆

那些马匹无不能征善战　信使武艺高强
五百里加急一次次踏上征程　国运常常在此一举
可黄昏将至　倦怠的时光传染性极强
这给那些回报平安的家信　一次缓冲的理由

可这里毕竟是利国驿　乾隆在踏上荆山桥之前

密使已早早地将消息送达

船队浩浩荡荡　驿道上快马来往穿梭

铁掌给了马匹无限动力　利国驿的铁有着最雄性的豪迈

但还是要回到黄昏

回到历史上任意一个或者几个黄昏

运铁河畔　驿道已渐渐冷落

一些符号如后浪涌来　马车　自行车　汽车　高铁

这不是黄昏的悲歌

有人从白家桥过　沿河鲜花盛开

读书声在黄昏以后漫过那个古老的牌坊

"利国驿"——在雨水的浸泡中还在茁壮成长

九、生活从一块铁矿石开始

某种机制下　铁锅足以回到铁流　回到坑道

回到铁矿石

铁锹铁叉铁锤都要从田野回到铁流　回到坑道

回到铁矿石

飞机　高铁　拖拉机

也都要回到铁矿石

不可以回到石器时代

这应是生活的起点　可以让利国驿多一些自豪感

有时候　经营生活需要铁一般的意志

这也必须回到铁矿石

如果给人生一个开始
我选择以铁矿石为起点

遇见徐州

问古

沉睡的故国里　炊烟依旧

生与死　死与生　在此得以永恒

一些被金子包裹的骨殖　在时间面前犹如粪土

小龟山可以证明　不要轻信任何一个人的话语

哪怕是王的祈求　啊！何处望神州

掀起那场大风的人　梦里几多乡愁

盛宴之后再也没有回到泗水亭旁

惟金留寨的蓝天白云之下　他的披风堪称锦绣

此后的时光　需让渡给玉的德行　以及石头上的尘世烟火

两汉四百年　最辉煌的星空由"三绝"铸就

探景

在银鸥荡起的柔波中　有歌声在湖深处潜游

此刻　丁塘湖已唤醒春天

而九百年前的追梦　终于在苏公塔下汇流

涉水而过　三十里杏花正茂盛　此处有高人对饮

书声琅琅间　自北魏绵延而来的香火不时回头

再往上走　大河前横　曾经的惊涛骇浪处已变成万亩田畴

更多的湖就那样诞生了　柳浪闻莺　美不胜收

绕城的 72 座山峰个个如剑　好人园罡气正稠
被藏着的美一旦被发现　回忆当如决堤
沿着健步道渐行渐远　湿地静如禅　酿黄昏与清晨之幽幽

访胜

将一柄长剑悬挂于枝头　胜过万千承诺
此前　那位驻世八百年的仙人　将一碗汤熬成了绵绵乡愁
燕子出没　楼在楼中
三位命运迥异的女性
围绕这座城演绎了不同的人生春秋
或许被记住的　不只有历史恩仇
戏马台前的荒草　已经逾越历史的画框
女词人的话语率性又真诚　雄性的徐州啊！
若不是留下一面高台　一腔热血
哪里放得下那么多战马　容得下那么多地下的嘶鸣与悲吼

追忆

十个人站成一座桥
这座桥便成为永远的丰碑　屹立而不倒
60 万对 80 万　电波中的神算与出奇制胜
让一根小竹竿随着推车走遍九州
因为这是汴泗交流之地　更是大山大水彭彭之地
战争的基因　才有了更多传承的理由
400 多场战役　血雨腥风中几多恨与仇
可正义之战终究要由人民写就　从重庆一处监狱开始
小萝卜头　运河支队　王杰
这些光辉的名字将铭刻于历史　永远不朽

新貌

多少人在寻找　哪一处能令人蓦然回首
黑瓦白墙已经靠在一条河的旁边
往里走　时常还能听到乾隆迷路时的问候
钟鼓楼可以错过黄昏　但不能错过浪漫爱情的邂逅
也不妨描述一下什么叫天高云淡
在彭城最高处的风景里　用深情的眼眸迎候远归的亲人
如果你喜欢郎朗的琴声　或者歌王天后的歌喉
请选择一个月色优雅的晚上　和心上人一同走进花蕊
悬索桥早已架起竖琴　要弹就弹吧
但别忘了　夜色阑珊　家中亲人的等候

寻幽

让一匹马腾空不难　难处在于让它停下来
并静如处子　但血液里可以有溪流撒欢　丹霞露峥嵘
若联想到一个古镇
夜色里的神秘不过是人的神秘　古老的石板路
湖水静谧　渔歌唱晚　那些帆送走几多夕阳
时光隧道悠长而浪漫
历史节点处　儒释道法相庄严
让快乐的运河水再送春天一程吧
此后　水草摇曳
岁月悠悠中　哪里是归乡的码头

闲趣

村庄的记忆不单来自泥土　有时是一把小号
以及照亮夜色的元宵灯火

紫海蓝山　多么美妙的名字啊

躺在玻璃小屋　可以同星星月亮朝霞一同行走

闲适的农庄　栽植的全是乡愁

一座山正好安放一颗幼小的心灵

淹子湖从诞生那一刻就没有干涸

连着油菜花开的阡陌寻找

大沙河的果树已走向盛景　梨园如雪

谁去收拾满地的浪漫　梨花如雪　如美人的一场秀

节庆

可以抒怀　可以将高潮推向月亮的肩头

奥体的钢梁足以承载任何狂欢　让运动者汗水如流

大风歌诞生的城池

武林风从来都是刚烈勇猛

湖水有情　让自行车依着涟漪的节奏漫游

跑者如潮

在中国最美的道路上

一次次告别杏花桃花的挽留

白鹤飞翔　轮滑少女的舞姿如此悠游

这是属于徐州人的节日啊　总是看不够

玩赏

许多事物的真谛都在灵魂深入

比如香包　华丽的外表之下　芳香依然深邃悠远

徐州人可以借一张纸演绎出悲欢离愁

在疏密黑白间　不需要多余的话语

在睢宁大地　儿童习惯用颜色去描绘未来

童趣与童稚　让联合国大厦的四季充满欢乐

小糖人小面人多么可爱啊　她们有着自己独特的心愿
——去田野湖边山岗放飞风筝
其实　也有更好的选择
在高粱莛的最高处　看画里画外　听歌声悠悠

美食

鱼和羊　意味着鲜鲜鲜
属于大彭国的记忆　薪火相传
名人已去　菜肴的灵性在火炉上铸就
没有哪碗汤能够像饣它汤那样充满传说与智慧
温润穿肠而过　谁可以离开乡愁
也有一些悲壮的故事在席间展示——霸王别姬
这样的纪念轻松亦朗朗上口
把子肉不再是于街巷边解怀仰脖猛喝的男人秀
一些徐州人　悄悄地架起地锅
就着烙馍馓子流出幸福的眼泪　何处不风流

在五段 有湖田喂养的乡愁（组诗）

夜色中的广场

那是一群顽童的笑脸
不懂得粉饰夜晚的孤独
在奥体广场的一个角 他们自由自在
甚至偷偷地跑到另一个角落 放松身体

路边的花 不再保持白天的样子
闷热差点让一只知了窒息
但舞台中央 下班归来的农民兄弟
一张口 就让知了的和声失去色彩

围着广场的树林 已经有了第二代
曾经戴着大红花的学子又一次穿过竹林来到广场
故乡 在暑假的流水账里字迹最浓
温润的泥土 让失眠留在了远方

天上人间
远离广场处 月亮十分寂寞

五段的马

有一些马 喜欢昂首嘶鸣

比如项羽的乌骓　能让江水翻腾一遍

在五段　有四匹马
一匹驮着《大风歌》雄关漫道若何
一匹驮着忠诚担当　把张良的名字刻在留城
一匹驱赶仇恨恩怨　让苦难中的父老乡亲各得其所
还有一匹正披星戴月　奔驰在回乡的路上

五段的马　习惯于思考
目光比哲学透彻
当它们越过澄澈的湖水奔向远方
那些智睿的蹄子　是美丽乡村的韵脚

掠过牌楼的那一抹夕阳

那个黄昏　我又一次走过五段牌楼
干净的柏油马路　没有影子去填补时间的空白
行人不多　远天云霞灿烂
麻雀在牌楼上交头接耳　说着不被人知的秘密

往事纷扰　从牌楼下走过的人已经淡定
往前推 4000 年　古留城边的芦苇正茂盛
往前推 160 年　拓荒者的弓背有湖中的风吹过
那么多人都未能瞑目　芦根打下了一个又一个死结

一个叫曾国藩的人
给一匹马喂足了料　然后让它放飞心灵
那一天风清云散　那一天老百姓有了喝酒的心情
芦苇死而复生　翠绿的嫩芽上有晶莹的水珠

许多年后 曾经的恩怨情仇被刻在石头上
而石碑一再遭遇不幸 被折断 丢弃
直到风清月明
被遮蔽的一段心酸历史 才重见阳光

如果某一天再次经过五段 掠过牌楼的那一抹夕阳
曾在早晨的某一时刻 照见过三碑亭公园的某一个地方

从五段码头出发

一种压抑不住的冲动
在犁开湖水的刹那间产生
更清亮的湖水在前方召唤 荷叶连连
回头望 被摩托艇挤压下的河道溅起无数水珠

心跟着白鹭翻飞
宽阔 是此刻最恰当的词汇
荷香无处不在
有船过来时 以水的相拥表达致敬之心

慢慢地 河两岸开始有船栖息
一只猫在船顶上午睡 萌态毕现
河汊弯曲着伸向远方
水草丰满 柳树不顾阳光的直视 大胆地向游鱼示爱

从五段码头出发 至此已完成最初的预设
而我自己想象的湖底世界 仍是未知
古国的风曾经吹过 在这个夏日的午后
没有被河流剪断的风说道 我已在此等候你 四千年

张庄村

在共和国的版图上　这样的名字不计其数
而枕着微山湖的张庄村　只此一家
这里的张　不只是姓氏
多少年以前　他们不停地透过芦苇荡的缝隙向外张望

贫瘠的土地　封闭的村庄
河流的尽头是苦涩的生活
曾经感到无望的　还有苍鹭野鸭子
在那些荒草的背后　风速总是太快

后来　一个男人走出了村庄
再后来　这个男人又回到了村庄
他用看世界的眼光　在村子四周张望
突然之间　那些烂塘有了光环　水流日渐清澈

习惯于横七竖八的柴堆草垛　开始
以五线谱的方式发出有规律的和声
鸡鸭鹅猪　有了更安静的住处
泥泞已退出舞台　干净整洁的村路开始有高跟鞋的鸣响

路灯在黄昏以后陷入更深刻的思考：一切都可以改变
在加入稻香之后　广场上的舞蹈比城里的韵律更加丰富
有人在休闲廊道里拉起了家常
上午还在生气的婆婆　没到晚上就听到了那句唤娘声

不得不再一次提到曾经闭塞的那些河流
此刻　月季在河边身着盛装

在五段　有湖田喂养的乡愁（组诗）

将一个个浓淡相宜的甜美夜晚奉献给恋爱中的人们
回到张庄村的那些青年　开始有了新的梦想

比如　有人设想从张庄村的某一条河流乘船去微山湖
比如　有人想把张庄村的故事编辑成微信传遍四方
那个最早回乡的男人　总是选择有月华的夜晚
以植物的姿态　沿着田野小路去体味湖田喂养的乡愁

镌刻在光与波间的印痕（组诗）

弯曲的理由

激情退却 一湾清水沉淀在幽暗深处
激浪排空的热烈与畅想就此销声匿迹
几百年之后 有人于船头展开双臂
白鹭依然在远方自顾悠闲
不同的事物 总有各自的方向

对于一条河流来说 修复
意味着揭开旧有的疤痕
在骨缝间寻找时光遗漏的酸楚 及顽石
所谓的菖蒲 百色荷花 甚至翠柳
不过是今人习惯把玩的药引子

但仍有人经不住诱惑
执意寻找疗伤的意旨（将截断的骨殖接续）
长短曲直 自有星光月色云雾见证
弯曲在历史深处的河流 或许才是河流本身

好在还有一道绿色长廊 凉风习习之下
许多人找到了那答案——
为自由而舍身 哪怕万劫不复

断桥

或许从一开始就不是一个整体
不然 许多事物便无法解释
比如破折号 比如语气加重以后的空白

不要以为在河中央横断 就是孤独
一条大河曾经多么汹涌啊
当他在时间的纵轴上折断 便安然于弯曲的命运

在寰宇的静谧之中
相信还有一段石桥被安放在另一条河心
没有谁是孤独的 除非孤独自己

镇河牛

一进入房湾湿地 就有人说是水牛
还有人将他说成黄牛
面对这些脱离了本质的猜测
河边的风突然变得异常安静

七月的阳光之下 只见他威风八面
倔强中目视着远方
无法肯定 他是不是上游飘来的过客
但他的内心深处 一定留存着惊心动魄的瞬间记忆

六百多年的咆哮之声 已将他的耳鼓洞穿
饿殍杂草的喂养让他的胃部越发坚实
几乎不用反刍 就能把苦难和血泪轻易消化
许多时候 他还得吞下一艘艘沉船

和那些被泥沙埋掉了的过往

如果不进入角色　他会呈现出另一种样子
尤其是在月色溶溶之中　或者残雪遗留的黄昏
柔和的光芒笼罩在他黑色的外套之上
只消闭上眼睛　就是一幅幅童年的画面

桃花源里

一、那天风很大

那天风很大　大到让桃花荡漾
从入口处开始
悬念便一直沿着陶令公的思路展开
低头　缘溪行　默诵晋人歌

这样的情景堪称经典：
一提到桃花　提到姹紫嫣红
必是春水潺潺
载着一片片红晕　走向遥远的风景

可千亩桃花　终是一场深醉
没有人的脚步能够克服笨拙与凌乱
此刻　眼睛早已够不过来
再撒野的风　都不及一瓣桃花带来的震撼

二、记住乡愁

即使不能拥有整体河流
或者整座山　也请记住
去捡拾一朵浪花　或者一小块坡地

于此栽树 培土 建一座舒适的房子

引清流绕门前修竹

诱彩蝶舞鲜花草丛之上

记住乡愁 不在于楼之高矮

时光飞逝

能够在桃花源里 和一棵树一同成长回忆

并在同一棵树下终老 且长眠于此

三、此情可待

在水边 长寿石俯视流水

半山腰处 瑜伽女弓背如虹

在河流转弯的地方 月亮岛上有仙人指路

在玉带河左岸 有人走进了桃花源里

相信每一个进入的人都是正确的

就如那些从远方赶来的种子以及飞鸟

一闻到这些充满香甜气味的泥土

就像回到了故乡 回到了可以安梦的童年

若选择伫立山巅 怀拥田园

最不能忘的就是近旁妖冶的桃花

逃之夭夭 桃之灼灼

而词句早已显得苍白 惟住下

桃花是你的 时光也是你的

好人园印象（组诗）

十四座山峰

千万年前就屹立于此的七十二峰
一直引领着徐州的高度
如今　十四座山峰再崛起
将彭城之山　提升到新的水平

在这里　一座山峰以另一座山峰为骄傲
一片绿以另一片绿为自豪
敬畏者　人恒敬畏之
上善若水　于此流成茫茫九派

十四座山峰连绵不断
一呼一吸间都是爱的表达
床前的不夜明灯若是孝的起点
满山的树木便是善的完美印证

我不是后来者
却没能成为他们中的任何一座
但我可以成为第八十七座
或者　成为第一百零一座

徐州的名片

大写的人字 广袤的天宇
一湖清水荡漾
真与善 以雕塑的方式
植入历史的深处

在好人园 全身通泰
阳光灿烂 似在倾听鸟儿的和声
岁月如此静美
看我怎样景仰他们 以及他们的故事

青铜和花岗岩
正沿着各自的路径诉说过往
表情已不重要
毕竟 风留了下来 四季留了下来

我却不能够永远停留
麦田需要浇灌
远山还有几处裸露的岩石
而徐州的名片 需要更多精彩的故事

刘开田

想象一下 五十把铁锹和洋镐
如何长成一片森林
八十双鞋子 六百亩荒山
放在一个人身上 该怎样换算为时间单位

刘开田 一个和我同姓的前辈

我看见他时
他已在好人园里等待半晌
朴实的目光里　除了一棵树
剩下的是另一棵树

一个记者在 2013 年这样描述过他：
头上戴着帽舌已断裂的布帽
一身破旧的夹衣布袄
脚上两只不同颜色的布鞋都已脚趾出洞

贫穷在皮肤外面呈现
他的内心却是那样富有
那不仅是一山绿色　十三万棵苍松翠柏
是他为自己放牧的自由之心

都说石头硬
最终却没有硬过刘开田的犟脾气
一看到他在黄昏时分的剪影
我再一次感到　我　有家可归

回沿湖 归故乡

没有谁召唤 那一天 微山湖的鹭鸟群集湖边
那一天 也没有人指挥大运河的 清波口口相传
相同的声音在小河旁 麦地间 知青桥上传递
知道吗？有人要回家 有人要回家了
那一刻 风突然停了脚步
那一刻 习惯忆旧的雪花一片片落在了老家的门前

——题记

一

带着南国的风 北方的雪
带着久别重逢的期盼
终于踏上
魂牵梦绕的故乡——沿湖农场的土地
为什么一颗心总是止不住地跳啊
为什么一双眼总是看不够 泪水涟涟

初来时的皂角树 依然带着风的刀子
躯体虽已苍老 却显得更加伟岸
有人指着村口说 我曾在那里望月想家
有人指着打谷场说 我曾在那里忘记了时间
更多的人 望着无垠的田野沉默

仿佛看到一群年轻的身影 以及没有任何遮拦的青涩容颜

二

那是怎样的一段岁月啊

从青青校园 到泥淖泛滥的湖畔

月色不再如城里般柔和

夕阳总是落不到地平线以下

面对一片片荒原之野 凄凉之野 贫瘠之野

属于青春的心只想对着天空疯狂的呐喊

最初的兴奋伴着无名的寂寞

煤油灯下 日子变得无比迟缓

夏天 蚊蝇无处不在

冬天 寒冷无处不在

抢种抢收的季节 疲惫无所不在

扒河坝的日子 虎口的裂纹让疼痛无处不在

三

不是没有过彷徨

许多人站在微山湖边思考着共和国的走向

土屋 油灯 粗茶淡饭喝凉水

这样的日子距离幸福的彼岸还有多长

青春是什么

问天问地 颗粒不满的庄稼总是沉默不响

也有难忘的时光 含着自制的烟卷

在烟雾中回到快乐的童年

那个身着白衬衫的风琴手 正在乐曲中把红梅花儿赞

抚摸着被女同胞洗净的白衬衫 大男孩的心中止不住的发颤

一座城的青春交响

还有老乡们解毒清热的绿豆汤
让远离爹娘的游子有了亲人的温暖

四

泪水一次次模糊了视线
那些艰难的岁月似乎还没有走远

知青点的一草一木 荷塘沟渠
你可曾记得这样一群人
是怎样从轻盈矫健到步履蹒跚
从顿足 埋怨 不解 到心怀祖国 一切释然

这是经历了生与死考验的一群人
这是经历过风吹雨打的一群人
这是与共和国一起成长玉汝于成的一群人
可以没有钱 但绝不后悔
可以没有地位 但决不能丢弃勤俭
可以默默无闻 但骨头永远是硬的 绝不发软

五

饺子已经沸腾 舞台上 不再是老年人的主题
回到盐湖 回到故乡 回到从前
海派的快板 本土的诗歌 北国的歌唱
演出的人醉了 看的人哭了
岂止是幸福的泪水 团聚的泪水
那是一颗心为另一颗心真诚地祝愿

鸟儿醉了 在场部的上空自由盘旋

路灯也是醉了
在夕阳西下的水泥路边分外灿烂
湖水醉了　所有的一切都醉了
为一群人的过去　沿湖人的今天
更为沿湖人注定美好的明天

六

再一次回头　不为告别
曾经安放过欢乐　痛苦　迷茫的瓦房
院落破旧　书桌封尘　磨盘沉默不语
冬日下的孤独　来自院外年过八旬的老队长
此刻他满眼噙着泪花
他明白　曾经所有的豪情激越　都将定格在岁月的边缘

那一块织青石已留在盐湖人的心中
月色之下　晨曦之间　思绪正远
穿过村中的蜿蜒小河
清澈中飘过一群人曾经的誓言
茁壮的麦子说　累了就回来看看　回来看看
这里永远都是你们疗伤的家园

七

以土地的名义
以植物的名义
以微山湖浩渺烟波的名义
沿湖的道路变得更平更宽
沿湖的村貌变得有序规范
沿湖的夜晚变得更亮更安全

跳起来吧！这本来就是生活的真谛
唱起来吧！这是岁月馈赠给勤劳者的一份甘甜
舞起来吧！这更是这个伟大时代精神的召唤
花香 水清 草绿 美好田园
阡陌 铁牛 耕种 一派乡间之悠然
这是今日沿湖人设计的魅力宏图
必将成为沿湖人明天展示给寻根者的满意答卷

注：沿湖农场位于铜山区。在 20 世纪那个特殊的年代里，曾经生活过一批又一批下乡的知识青年，他们为沿湖农场的发展贡献了自己的青春与汗水。2013 年 5 月 18 日，沿湖农场举办知青插队 50 周年返场联谊会，189 人参加。2015 年 2 月 8 日，沿湖农场再度迎来阔别 50 余年的老知青 160 余人，沿湖农场的父老乡亲以年味饺子和亲情迎接了来自四面八方的亲人……

穿越汉中（组诗）

致敬！秦岭

你是如此辽阔
让我的目光找不到最恰当的落点
一千五百公里浩荡长风
属于我的　只是峡谷中一只迷路的彩蝶

但这已经足够了　足够了
五月末进山　六月初出山
虽没有赶上最初的流水
但我所遇到的阳光　都热烈地和从前一样

从一开始　你就备好了礼物
熊猫需要竹子　就有了竹子
朱鹮喜欢小鱼　就有了小鱼
河床喜欢润泽　就有了流水

你给谋略家预设的是绝壁的残酷栈道的阴险
你给想北伐的人以雾　以风　以机缘
给大诗人们预备的是无边月色和黑夜
给想征服你的人留下的是无限之后的无限

关于哲学

在你的字典里是将黄河长江一分为二
将南方和北方养育成孪生姐妹
并将第一个帝国锁定在人文的风云之下

有那么一刻　我想成为你身边的一块石头或一滴水珠
可后来　我觉得自己不配
我已误食了尘间的恶疽和贪心
身不洁净　更没有等待万年的恒久之心

可能的选择　就是俯下身子
从种植一粒最普通的种子开始
让你被恶人划破的皮肤重归完整
让你遭到烦扰的心归于宁静

就让我从赎罪开始
致敬　秦岭

我愿做洋县的一只鸟

在洋县　不想说话
也不想听无关的人说话
想找一条捷径
让溪水变成羽毛　覆盖在我的身上

五月　肯定可以光着身体了
先洗净自己
洗净一条通往蓝天的路
且不再忽略任何一场飞翔的训练

在洋县　我宁愿被说成是一个鸟人
青春气息　无忧无虑
想飞就飞　想睡就睡
更为重要的　每一场恋爱都将变得刻骨铭心

我愿做洋县的一只鸟
被尊敬　被珍惜得一塌糊涂
从零岁开始　幼儿园　青春期　衰老　死亡
每一步都有完整的记忆

在洋县　群山始终敞开怀抱
大地总是布满星辰　星光灿烂
看哪　当五月的麦子依次倒地
抬望中　是我在翩翩起舞

先生此后为大

不敢提到第五次
更不敢将五和北伐连在一起
此前的计谋　胜算　连同木牛流马
都被鼎除以三
那一刻　天象关闭　储存已尽

病是必然的　那么大的江山
放在一个肉做的肩头
扛不动也得扛
更何况约定在前　而蜀国仍存
故乡还在遥远的东方回望

定军山啊　从此
自卧龙岗开始演绎的八卦阵已成为回忆
先生且请安歇　尽享哀荣
浅池　薄棺　时服
有双桂久拜　五十四棵松柏记载年华
水咽波声　先生此后为大

古道临风

褒谷口　斜谷口
绵延五百里　古道临风
如龙舞
如危石坠落时留下的小篆

火焚水激　意味着誓不两立
爆裂　刀子　挖空心思
因为石门的诞生
隧道成为捷径的另一类表达

此前　一个叫褒姒的美女曾经从这里走过
江山社稷的安危
开始和女人的媚眼关联
岁月悠悠　古道上几多离人泪

接着是刘邦　走出去就是大风高歌
魏武挥鞭　笔下却是衰雪的风流
成也古道　败也古道
轮到诸葛丞相　只能隔山遥望故乡

唯有五千年月色不改

轻轻一抹　依然是悬泉瀑布　鸟投林
曾经是五里一邮　十里一亭
三十里一驿的古道
在汉中的六月
一端连着汉水　一端连着四面八方

城固橘子园

可惜屈原没有来
否则　他要重写《橘颂》
但我来了　我们来了
一样可以重新安排橘子树的理想

山坡以外没有更适合站立的地方
二十万亩　等于一亿朵春天时的橘花
等于秋天时节满坡的红色烂漫
还等于五千张或者八千张果农的笑脸

在城固橘子园
虫子只属于虫子　最大的不幸是成为鸟的口粮
农药是多余的　催熟剂是多余的
一切外在的诱惑必须尊崇自然

人心向善的果实　除却担忧和隐患
如此　土地才可以被称之为土地
橘子被还原为橘子
山路弯弯　众多小路终归大道

给张骞

你看得够远　自你以后

太阳才敢睁大眼睛

你能看到的　同样被太阳看见

太阳没有看见的　你依然能看到

葡萄在架子上歌唱

苜蓿在田野里开花

西瓜　核桃　石榴各自在自己的季节里逍遥

还有月下的舞蹈　怪异的脸谱

都被你一一请来

站在你出生的地方　更觉得自己目光短浅

西域那么遥远

要磨穿多少双鞋子才能抵达

冰川太冷　河流太深　山脊太高　大漠太辽阔

或许这都没有什么

但妻儿马匹怎能抛弃

换作我　早就在安乐窝醉死

现在我终于明白

我们最大的区别就是

你在的日子里　没有谁敢提及遥远和艰难

你不在的日子　我才敢说到秦岭和天汉

在苏州

苏州是一池水

无论从哪个方向走　都会遇到你最柔软的部分
一条河　一片湖　甚至一个鱼缸
有时　不经意间听到了激桨声
一阵细雨就把故乡隔在了千里之外

而过客就如同季风中的逆流
总是太匆匆
季节并不总是听风的话
就像我们有时也不听从父母的话

许多人就是这样来到了苏州
早年间坐着乌篷船　偶尔有人骑马
不久　皮肤渐渐地变白　细致如水波纹
一呼一吸总是湿漉漉的顺畅

后来　水开始沿着堤岸的方向游走
船送来了新娘　送来了五谷果蔬
水路渐长
人渐多

再后来 有人开始考证泰伯前来苏州的足迹
寻找孙子的兵书吴王的长剑
白乐天在哪里筑堤 范仲淹如何导水入江
唐伯虎作画的清水到底取自哪一处河道

没有人能够完全回答出来
水带给世间的东西太多
淹没的记忆更是不计其数
那些草书 神韵 曲谱 丝绸上的凤尾
那些诗歌以及黄昏中被兵血浸染的城墙

可苏州终是一池水
劝留在围墙之内 则是柔声细语 春波微澜
放逐于荒郊野外 便是百舸争流 浩浩荡荡
唯有留在深浅不一的心底
一落到故乡 就会化作思念的泪水

疼人的末儿

仅仅几个月的间隔 竟让你如此激动
我的末儿 疼人的末儿
竟是用 39 摄氏度的体温来迎接我们
呕吐 却依然微笑

十六岁的年华能牵着自己走好吗
起初 我们都疑惑不已
现在终于确信 除了体质的柔弱
你的精神已变得越发坚强

你学会了洗衣 购买零食 信用卡取款

你做了两天义工（你还想再做几天）
你已知道心疼年过正午的父母
并感到自己走进了一个成熟的车道

疼人的末儿　你虽然胆小
学习一般
可能还有许多小毛病
但已足够让我们骄傲十倍

你的十六岁在我十六岁的千里之外
你能背诵的单词是我年龄的六十倍
你的心灵大部分时间里阳光灿烂
你的眼睛比我小时候更加清澈透明

我已无法回到从前的光阴
如果你愿意
就可以让我们重温过去的一切
甚至未来和永恒

末儿　疼人的末儿
衣服只要干净大方就足够了
简朴会让生活变得轻松自然
营养充足　但不等于要抛掷青春

要知道　在你寄居的苏州
有比手机电脑肯德基更重要的事物
三年之后　如果你谙熟了苏州的味道
就是一条水路诞生的时刻

白与黑

水之上　是黑与白
水之下　是白与黑
水城的键盘
早已习惯了雨的柔指

跟随着桨声是另一种途径
向南向北　向左向右
无论在哪里登岸　只消有一盏夜灯
或者晨间的一声吆喝就已足够

许多梦包裹其间
千年前的丝竹声依然婉转悠扬
当穿越时光的流水渐行渐远
黑与白　不再是官阶没落后的掩饰
而变成往世今生的唏嘘　和咏叹

苏州夜雨

称不上遭遇
仿佛前世的约定　一下子就默契起来
你缓缓而落
我抽出伞　然后从容打开

夜灯迷离　如万千彩虹
在远郊的站台
在不舍离别的时刻
苏州是你的　也同样是我的

在苏州

153

多少年了　一直梦想着这样的时刻
当我行走在孤寂的小巷
夜色中
你忽然间就撞入了我的心怀

那一刻　沧浪亭正远
退思园的菰草也才刚刚露出水面
你来了
一下子便将懵懂的春天引向深远

而这样的夜晚　最需要色味厚重的黄酒
观前街的一叠蚕豆　一块花糕
然后望雨中的行人
看他们如何重复我之前的迷茫和忧郁

可这是姑苏城外的新城
没有喧嚣杂乱　也没有乌篷船缓缓划来
独有的安静是你我相对
以及末班车前的凝滞时光

今天　就让我伴着你斜斜的身影
于梦中抵达那条古典的小巷
然后逆水而上
回到千里之外的故乡

在速8旅馆

烟味香水味以及化学物的异味
男人　女人　或者男女人
小旅馆中的生活

可以是天昏地暗
也可以是睁大眼睛对着天花板意淫

窗帘上落满了杂乱的目光
不知道那些人在湖蓝色前伫立了多久
他们想象着 苏州的历史 利润 食与色
以及一条河流如何从另一条河流上穿过

我也没有逃脱这样的俗套
借着淋浴的机会 将往事洗了又洗
然后披着棉布浴巾
在窗前点燃世俗的烟火

第四辑

短　章

寻找某句话的出处

沿着冬的足迹 总会遇见意料之中的事物
半空中落下的那些白
相互间扯着嗓子：快走开，快走开
雪落大地 时间躲进白色的旷野

年少时 找不到让雪人说话的路径
当棉花壳被嵌进雪堆上
雪人依然是沉默的
麻雀们却兴奋地在他面前跳跃着 相互问候

地下河温润如春 却看不到她柔柔的样子
她们以汩汩的韵律喊你
同时以青草的面目在坡地上呈现
不囿于表面的真伪 让象征有了深厚根基

想象明信片如蝴蝶般飞舞的旧时光
那时的问候可以用"打"来概括
许多年以后 面对几封保持原样的信笺
竟有解脱后的感慨

如今 贺卡濒临消亡 微信里的美图灿烂斑驳
只需一个碰触 就可以让雪花铺天盖地或云霞满天

而每天的问候总是与太阳一同到来 应景且温暖
如今站在岁末的边缘 枝头亦充满期待

一元复始 谁在背后拍了你：嗨，你好！

父亲与三轮车

比经卷更有说服力的是三轮车
其破旧之处　难以具体描述
——缺少铃铛　半个脚踏　链条锈蚀
刹车也不算灵光
补胎时刻　父亲对胶水充满无限敬意
锉刀　钢珠　黄油　破旧内胎
旧事物互不相连
在与父亲遭遇后　始懂人间冷暖

此刻　不需要回答鸡和蛋的问题
那辆三轮车突然就横在了院子里
之后　麦子被换回面粉
稻子被换回粒粒大米和稻糠
七十岁后　父亲则盯上了各类瓶子　马粪纸盒
他甚至为铜线铝线专门准备了一个小空间
当床前床后床上床下再无空隙
他又一次在车链上滴几滴发黑的机油

穿行于城乡之间　风景各异　有时需要点燃夜色
妄猜父亲的心绪多半是徒劳
他不打牌　不交友　耳朵又背
或许　只有把故事深藏在车轮之下

风才可以吹进他半敞的胸膛
经年以后　那顶白色尼龙帽已失去月光的赞词
唯有车把上的汗巾可以忽略四季
却不忘咸涩之语

有一次　他和三轮车一起跌入路边的水沟
望着没入浅水的瓶瓶罐罐　他愁容满面
夜晚来临　繁星唤醒虫鸣　床上始觉如骨肉撕裂一般
他终于知道　自己原本也是有痛感的人
骑着三轮车　父亲走过集市
父亲走过坟冈
父亲走过风雨
父亲走过人间

父亲与人间

那年的 2 月 3 日
你把影子投射到镜框之中
一切尘埃落定 后来
当你缩为一捧灰白 已分不清哪一粒是你的心脏部分

算起来你在人世间 共走了八十八个春秋
我猜想 你感觉的世间应多是美好
偶尔 当你独自吹响口哨
月亮便害羞地躲进云层

我的家你不愿常来 路途遥远考验脚力
现在 你可以直接坐三号线地铁到无名山公园站
不必再上上下下转来转去
以至于夏天满头大汗 冬日瑟瑟发抖

以前 最怕刮风下雨 酷暑严寒
因为无法确定你在哪一处屋檐下避雨
现在终于可以确定 每当我从梦中醒来
你便不在人间

你养育三子三女 我们当感恩不尽
既已关闭门庭 惟以梦境传递人间消息

大姐夫继续与病魔斗争 他说活一天都是赚的
你最小的孙女已嫁到幸福的人家
兄弟姊妹再度联系起来 你担心的事情终未发生

就此别过 毕竟我们父子一场
当年 你用平板车把我们——拉到那个残破的院子
现在 我们努力用纸扎的最新款轿车
载着你 去一个无人涉足的未知之地

致友人

再有几个黄昏　就可以把年历收拢起来
某年某月某人某事　一切印迹即将被大雪覆盖
枯树在道路旁犹豫着
自己要不要倒下　风越来越大

有人倒退着走　仿佛这样就可以回到从前
落叶在经过最后的一跃后进入寂静
天地往来　一句话　一滴墨　一片光
皓首穷经者　猛然发现一轮日出

有人问　一小块贫瘠的岩石能不能代表山川
一次挫折算不算永久的失败
一只猫袭击了树上的幼鸟　算不算道德事件
当你想回头　未来已为你准备了更多的岔路口

但那轮日出是真实的
月落在西山的凹陷处也是真实的
身处其中　必须明白轮回的意义
那些飘浮的云朵　终究要远离大地

所以　尽管有更多的风景
只有一个方向可以通往事物的内核

停顿是必要的
停顿后 有更坚实的呼吸 以及明亮的心

——落在光明处 你就是那轮日出

守望者

谁能够让一棵小草歌唱
让一朵南瓜花与蜜蜂窃窃私语
在田野的最低处
甚至可以让一只蟋蟀忽隐忽现
那些沾满露珠的豆荚已等待良久
炊烟与云雾各有其梦
当月色披在三轮车的轮毂之上
一盏橘黄色的灯火总是不期而遇

谁会将目光投向平凡的事物
哪怕是一个傻子 或者一个毫不相干的人
七百多个性格迥异的乡亲啊
那是一棵棵土生土长的庄稼
还有那个叫黄二云的农村妇女
一次又一次从阡陌间步入文字的楼梯
在时代的相框里 嵌入丰富的表情

大风歌太辽阔 顾不上那些卑微的事物
它只适合于豪饮与长夜漫漫
命运似乎注定 你更适合在古老的土地上耕耘
去为一只蚂蚁 一只麻雀 甚至一条小蛇争取权益
你也只习惯于自己亲手酿造

然后蹲在小巷口 或者麦垛旁满足地抿上一口

你时常将扣子的位置组合错误
却把诗歌排列得如此阔气 拟或精巧细致
多少次 你注目于黄土路边的那片坟茔
不停地想象着亲人们的喜怒哀乐
只是 当你面对一段瘦小的火柴
并以专列的哀荣送走那抹晚霞
你并没有擦出最后的火花
而是以乡音的名义慢慢述说
——不悲不伤 不哭不泣
请问 有多少人可以做到

有诗人说 你是一个被时代遮蔽的诗人
我说 你更是一个沉浸于隐忍之中
不断自我淬火煅烧的诗人
一个土地与乡音的守望者

在家里　如在千里之外

窗台上的水仙花开了
女儿从南京发来微信说　别忘了换水
从字符的喘息间
我感到她内心的小小恐慌

而此刻　千里之外的地方
一个84岁的老人
用一座逆行的山峰
让慌张的年夜与人心
渐渐趋于平静

那一刻　还有许多和老人一样的捍卫者
正用防护衣下的汗水　为落难者解困
天使降临　隔离的地方忽有暖阳照临
远离家的时光　没有听风赏花的浪漫
唯有临行前的耳语记在心间：
请照顾好阳台上的水仙
请让午后阳光和空气　成为最平凡的生活

曾经　多少人已经将阳台上的水仙忘却
甚至忘记了自己的来路
那些走丢的人

正好可以静下来 手捧香茗
打开窗子 让清风拂饶尘封已久的内心

我知道 只有让水仙花开得更加优雅
才不会辜负那些远离家的逆行者

在家里 如在千里之外

或许 就这样安静地守在阳台
只看看空旷的街道 略有孤独的树和鸟巢便够

静若处子
如此 甚好

在家里 如在千里之外

徐州像杭州了

不只是湖水浸润过同一位太守的笔端

大堤的名字一样　月色一样

柳枝曼妙的姿态一样

连酒后泛舟都有着同样的韵致　婉约又豪迈

白娘子的断桥　关盼盼的燕子楼

爱情与誓言　从来与时空无关

法海可以任性到翻江倒海　张山人却在草堂里煮酒吟诗

都在山边住　不知谁的怀里更能放得下世界

关于那鞋黑色的灰色的记忆

已不需要一场大雪去掩埋　尘世转换

一城青山半城湖的当代叙事

是由一支支绚丽的羽毛编制架构

云龙湖大龙湖金龙湖潘安湖连缀起一城的炫色梦幻

七十二座山峰满眼翠绿　夜色下月华倾泻人间

倪园村的山野桃花　一直记得"逝者如斯夫"的箴言

"孔夫子安在？"悬水湖此刻正安静如婴儿

涉水而过　有一色杏花三十里的艳遇

青年白居易记住的花树或许才刚刚发芽

再往前　北魏的工匠们将佛祖雕刻的庄严肃穆

香火缭绕　一时间飘荡八百里

后退一步便是三国烽烟

楚王们已习惯了山居生活　穿上金缕玉衣

彻夜长饮　一些石头也不甘寂寞　迎亲　欢舞

甚至自己抬着自己周游列国

再往前　有人唱大风歌　有人唱垓下歌

有人炼丹　有人不停地念着彭铿的名字

2018 年杭州大雪　徐州的雪亦不期而遇

虽千里之外　白却是一样的

徐州像杭州了

正如眼前的白　融化以后　就是绿水青山

就是如期而至的美好未来

开发区的夜晚

大厦的夜灯

属于那些怀揣着希望和理想的人

可以把一个又一个黑夜熬走 迎来曙光与黎明

此刻 寒露已在路上

诗和远方也趁着夜色赶来

哆嗦的风

已成为季节的符号 虽有些迟疑

却坚定无比

围绕着金龙湖的每一步

都有音乐相随 铿锵有力

还有那一片碎石屋 已出落成美丽的姑娘

星光之下 用红叶染着梦的颜色

一旦听到复兴号的呼唤

便升腾起一片温柔的氤氲

也有幸福的恋人坐在山坡深处

说着瀑布和森林诞生的历史 如痴如醉

他们现在还没有爱的巢穴

但他们喜欢一切美好的事物

一双手 加上两颗善良的心

这样的夜晚 有一些人注定无法入睡

一条条街道巡视 他们

让梦中的人有了更沉醉的梦

当黎明拉开帷幕 洒水车已写完昨天的日记

第一个走街头的人

看到那个将落叶收拢到怀里的人

开发区的夜晚 的确有些迷离闪烁

那个喜欢写诗的职员

再一次将标点排列一遍

他早已习惯将自己融化为湖边的一颗负氧离子

自由地漂浮 且静静谛听

劳动者以呼噜之声汇聚的黄钟大吕

往事

起风了　夜色在门缝四周徘徊
有一些落了地
有一些挤了进来
却被梦中的故事掩盖

消失的光与影　物是人非
废墟早已将衰退的大脑占据
愈是沉淀已久者
愈是将心搅得疼痛难忍

在没有完全停下来之前
往事也在着急地赶路
有时不免虚构一番
死亡虽可以终结一切　却是另一回事

李卫[1]与梨花

大沙河走出去的一株梨树
朴素得就像黄河边的一颗砾石
打磨以后 坚硬如铁
不只是官道弯弯 面对走私的盐船
他要维护世道人心应有的尊严

从小就知道 故乡的梨树
有着弯曲而不倒的秉性
他将证明 何为喝着故黄河水长大的汉子
于是弃马换步 握长剑 船帆尽开
一任海波江流涌动千里堤岸 万里云天

那些海塘是幸运的
百年以后 依然如梨树根一般坚固
那些士子是幸运的
荡去浮沉 清白如梨花初放

躺在故乡的百果园中
一定不会寂寞
五十一年的风雨人生
让他知道 除了味觉的差异
梨花和盐 都有着一样的洁白无瑕

---

[1] 李卫（1688—1738年），江苏丰县人，官至直隶总督。

一座城的青春交响

在骨科病房（外两首）

在此之前　钢板只遵循金属的法则
寒似冰　烈如火
此刻　它只能蜷曲于库房的一角
回忆着属于岩石的前世岁月

尘世的骨骼
常常不屑于钢板的冷漠
总以风雨难蚀的坚毅
支撑起天地之间的信仰

一切都源于瞬间的碰撞
坠落　跌倒　失忆随之而来
没有谁能够指挥那些紊乱的神经
更无法阻止疼痛的无边罪恶

黑暗中　一些细胞渐次死亡
曾经优秀的钙质相互疏离
生命虽然顽强
时间却沿着湮灭的轨迹悄然流过

当钢板遇到骨头
破碎的世界开始重新聚拢

不能站立的 有了挺拔的基点
无法迈步的 开始跨越自我

因为有了血热和体温
钢板与骨头越来越近
虽然一些骨头比钢板坚硬
却是那些慈祥的钢板 将心灵的伤口弥合

为了更好地站立

为了更好地站立
有时 必须将心火掐灭
比如我的妻子
在可预知的百天时光里
她只能保持两个姿态 仰面和侧卧

为了更好地站立
有时 必须学会忍耐
比如邻床的姑娘
在吃喝拉撒后
她还有两种选择 读书或沉默

为了更好地站立
必须心存乐观
比如我的妻子
百天之后 她依然拥有阳光
歌声会让她更加快乐

为了更好地站立
不妨以感恩的心去回忆
干渴时的一碗凉水

公交车上的一次让座
那时会明白　岁月原来可以在温馨中度过

为了更好地站立
有时　必须目光放得更远
伤筋动骨　无非只是肉体的囚禁
在广袤的寰宇
自有精神航行的天河

鲜花与爱

在六月　如果有盛开的百合
一定会有动人的歌
此刻　她正躺在洁白的床上
如一枚绽放的花朵

在六月　如果有燃烧的玫瑰
一定会有另一团焰火
此刻　她正凝视窗外
深情的目光沐浴在爱河

在六月　如果有粉色的康乃馨
一定有欢快的鸟儿来过
此刻　她轻合双眼
仿佛回到了过去的岁月

在六月　病房里正散发着潮热
甚至还有痛苦难过
而有了鲜花与爱
便不会放弃这平凡的生活

在骨科病房（外两首）

岳母的日历

岳母翻着墙上的日历
计算着想象中的归期
越到腊月　翻得就越勤
"今日宜远行　祭祀　动土"
有时她会大声念叨起来

日历不说话
但可以让你走到明天以后
如果愿意
还可以回到很久很久以前

岳母就是这样看待日历的
于是就会说到多年以前的河南
小关镇的山核桃
说到苏州　木渎镇的灵岩山
说到连云港　那些大片的盐田

终于有一天　她把自己翻进了日历
现在　我依然怀疑
她是否看见了黄页上不宜远行的提醒

风过茱萸寺

像寺庙深处的光阴

秋天的风　来无影　去无踪

没有人知道

一株植物和一座寺庙　谁更依靠谁

但大唐的风肯定在北魏之后

即便有些不舍

也都被盛唐的诗歌湮没

尤其是思念　早已刻骨铭心

没有比九月九日更高的山峰

正如没有比佛更明亮的眸子和气息

山可以岁岁枯荣

心却永远茂盛着

此刻　远归的人已走到山脚之下

翻过这座山就是曾经炊烟袅袅的故乡

他知道　茱萸果终将熄灭火焰

光阴会被鼓声一丝一丝收拢

在这个撒落了一地石榴和野枣的地方

风是最后的过客

当送完那些疲倦的身影

夜幕开启 寺庙的门不知被谁悄悄关闭

时间与河流

终于选择一条河流 作诀别的窗口
此刻 时间与流向要命地达到了一致
离开悲愤郁闷
路途即刻明亮 天宇广袤 万物葱茏

那些句子依然整齐地排列在历史深处
我的老乡刘向给它们安排在最好的位置
手捧上下求索的垂悬
我只能匍匐于地

香草美人 两千多年来最杰出的种子
在土壤下依旧萌动不安 倔强又温柔
绿色璀璨 伫立高处
我却习惯于低处看大河如何走向更低的远处

或许 下一次交汇尚需年岁的熔炼锻打
远去巴蜀 没有捷径 只能逆着光阴而行
一千年之前 在路上
两千年之前 还在路上

中午时刻的一只鸟

显然　我们都没有任何准备
忽然相逢　忽然心跳加速
结果显而易见
他往远处飞　我往它翅膀上飞

小树林是最好的舞台
随时为沮丧或者幸福开启帷幕
我不属于小树林
但我的好奇心早已投林

我猜不出那是一只什么鸟
失恋的　单亲的　或孤独的
许多时候　我很想成为一只鸟
一只拥有一片树林的鸟

酒杯

原谅我再次说到你
以及那个残缺的午后
本来 我已将你忘记
可我无法抹掉记忆中的那些尘埃

是的 注定要有血的代价
清醒者
不要像我一样
以迷茫的视角 寻找自残的理由

许多年了 你却只能蜷缩于柜子的一角
命运是如此不公
你只一处疤痕便被永远罢课
而我满心污浊 却还行走于世间

父亲和他的南瓜

父亲是沿着一段围墙垦荒的
四米宽　十一米长　顽石如花
当他种下南瓜以后
雨水忽然变得吝啬起来
一段绳　一个废旧油桶
让种子换了个活法

春天　父亲把腰给闪了
他却把酸痛扔给了膏药和夏天
看着南瓜秧渐渐茁壮
蝴蝶闻香而动
的确　父亲不是个懒人
他喜欢打扮土地　胜过为自己光脸

现在　他看着满地的阳光和果实
于沉默中掏出剩余的半根烟
或许他有了新的思想：
南瓜让他换了个活法
我不在他身边时
他便把南瓜当成自己的孩子

父亲的实践（组诗）
——给父亲节

做木匠的父亲

刨子　凿子　墨斗
两把大小不一的锯子
将这些组合起来　可以让一段原木变得十分友好
作为凳子　它热情地邀请客人坐下
作为书桌　让课本笔纸有了安心之处

故事一般发生于农闲时分
尤其在寂寞漫长的雨季
雨声中　他虽不说话
却喜欢听锯子在墨线耳边轻声呢喃
以及卯和榫间刻骨铭心的誓言

没有人教他木匠的课程
从老王木匠那里偷偷看到的
也是许多同龄人可以看到的
区别在于　别人没看到的地方
他都一一记在心上

吹口哨的父亲

夏夜　趁月亮微隐
他开始自言自语　这一次
他没有借助牙齿和口腔的配合
当气息调匀之后　口哨声能越过树梢

我看不见他的脸
但可以肯定　他此刻正信心满满
从拉魂腔到豫剧　从河北梆子到京剧
那些转变　听起来非常自然

他曾在大队的演出队敲梆子
偶尔会提及自己制作的京胡有多么清脆嘹亮
他曾经带着我翻过长山去找老中医治病
但他总是不苟言笑

由此　那个夜晚成为唯一
八岁以后的我再也没有听过他的口哨声
在月光的银辉下　我在他的背上渡
他在自足的口哨中暂且飞翔

苫屋者记

他半蹲在泥土地上
仔细地挑拣着麦草
一抖一撅　麦草已整齐地拢入怀抱
这大概是三月间　雨水少而稀

这样的动作从早上一直进行到黄昏

当梳理整齐的麦草码成几座小山
他才想到伸一下僵硬的腰
此刻　夕阳将他的身影拉成一副怪模样

土墙早已干透
杉条棒直直地在屋脊上横立
苇箔铺展
正待幸福来临

望着即将竣工的新房　不知他作何感想
我所知道的是
他修建草屋不计其数
自居者只区区四间

车夫十年

能把冬天拉出一身汗来
再把夏天拉成烤炉的模样
青壮年的生涯　一交给漫漫长路
鞋子便不够用

那时候　总觉得他有使不完的劲
拉车归来　还得照顾病中的母亲
有时星夜兼程
我时常在睡梦中听见木门的吱呀声

更多的时候　他保持沉默
只有在暴雨中继续前行的时候
他才会吐露心声
那时刻　眼角处分不清是雨水还是泪水

车夫十年 他还学会了扒胎 补胎
前路艰辛 四季相随
一个属鸡的人
终将自己拉成了一匹老瘦的马

关于一个女人

在记忆的油灯里
有一个人手拈过的棉芯
燃烧过后
可以看到丰收的五谷

那时　棉柴的燃点
超不过她的体温
就在鸟鸣以后
雪开始沿着灰色的树干　渐次开放

当然　我不会让冬天寂寞
选择罗网或者陷阱
会让纯洁的底色　染上褐色或深黄
她说　放了吧　不要将自己的心玷污

一天　她嚷着有人要害她
我也跟着胆怯
后来　她开始在河边徘徊
抬头时的失神　似在估算屋梁的高度

从此　世俗的世界不复存在
她傻笑　她悲泣　她癫狂

魔掌横立
远至洪荒　近到前世今身

如果只有刀子
杀人的方式总还简单
可黑暗无形　还有漫天喊杀
这样的包围　让她失去了方向

寻找　是因闻不到乳汁的气息
还有曾温暖于心的目光
最初　是沿着冰厚三尺的河流
梳遍枯草和残雪　却不见她的衣裳

那时已明白　走失与寻找
不只属于上帝的建构
当魔性崛起　人性泯灭
萍一样漂浮的神经　于她是迷惘　于我是伤害

某年的冬天　雪后黄昏
她再也无法站起
绝望时刻　一个沧桑的男人出现
可雪中的搀扶　只换得几枚耳光

从此的门前　总是她佝偻跌坐
月亮　黎明　耕牛　秋霜
季节的轮回离她而去
阳光黯淡　没有一丝光亮

后来　她去了天堂

把我扔在地上
一个男人的女人 十四岁走进刘家的女人
她是 我的亲娘

我带着大海而来

我带着大海而来　不需要更多的惊涛骇浪
面对青岛湾具体而清晰的弧线
我的眼睛终于可以选择更远的天际
我不累　可潮水已经产生倦意

阳光在后退中成为隐者　风快乐无比
当所有的目光都指向小青岛
指向白色的信号塔
此刻　谁会想到百年前的那一滴泪水

从徐州到青岛　大海被唤醒了无数次
若生活在黄海的岸边　注定会高朋满座
海鸟群翔　白帆高耸　渔歌唱晚
天蓝的可以被蓝色吃掉
然后烤一串花蚬　倒上青岛啤酒　幻想群贤毕至

阅海楼

除非拒绝　或者视而不见

其实　海就在脚下

却不是透明的蓝色

在连岛　这片狭长的水域被称作黄海

我住在二楼　与海面的角度难以夸张

领导在四楼　三个方向都通往辽阔的概念

这样的安排让我意外发现

位子越高　越渴望尘世的海

那些天　我没有早起过一次

我不相信还有运气等待着我

在岸边　塑料瓶　油渍　杂草丛生

唯独没有成群的海鸟（难道也像我一样睡懒觉）

再远　就是云台山脉

雾使它像一艘漂浮不定的巨船

若变换一下位置

阅海楼　更像山坡上的一粒椰枣

雨总是似有若无

尤其在昏黄　还夹杂着一些古老的声音

今夜没有出海者

今夜　只有晚归的潮和风

无题

自从那一年我亲手将您放进去
就再也没有看见您走出来
今天　我再次划亮了火柴
想照亮太阳下的黑暗　可您依然没走出来

是否　来路上的冰雪太滑
无法承载您偏瘫的身躯
是否　那边的风太野
让前去的木船无法靠岸

可是　母亲　我想您
在这秋凉似冬的夜晚　谁将为您引路
那么多年了　始终无法抹去您黄昏时的目光
那一刻　您怎样吞噬了太阳　留给我无边的黑暗

注：上午回老家给母亲和大哥上坟，至晚间，恍惚中忽又看到母亲的
面容。

在桂花香中穿行

月间的那棵树早已被唐宋高人给宠坏
无风的日子　嫦娥也心生寂寞
哪像在世间的穿行
不激动　不悲哀　不需朝圣者的胆怯

此刻　她们就在我周围站着
一个个掩口而笑　或梳理蕊间的芳香
我想着自己的心事
却无法拒绝她们似无还有的拥抱

是的　不能忽略桂字后面的那个子字
想必是接种繁衍的暗示
好女子实在不少
但桂花一样幽雅淡定的女子并不多

南山当是另一个话题
住下或者不住下　和秋天无关
想象时间可以弯曲到地老天荒
空间也可以弯曲到让万物凝聚为一体

尽管如此　我还是不愿回避对一些事物的遐想

尤其是在大龙湖秋日的午后时光
我更愿意走近那些绿色的衣袂
听暗香　以呓语的方式诉说衷肠

再次提到桂花

或许你是有家的

我不曾想到风是有家的
它依仗着虚无缥缈而将所有的形状肆意嘲弄
但对于你 它只能被动地作出反应
赞美它的香 就是在赞美你素素的心肠

或许你是有家的
安放在土地上的微笑活得最久
我敢肯定那些灵性的虫子已感受到你内心的惊涛
它们更在乎你是否孤独以及对爱情的看法

现在 幽香已经散尽
失去光环的时刻正好可以验证忠诚
黄昏终究会暗淡下来 一切都会悄无声息
曾经吻过你的人 是否愿意作片刻的停留

在秋天的早晨

一下子就有了数不尽的雪花
在草的尖头 在一片又一片落叶的筋脉之上

你还是从前的姿态
除了染霜的睫毛 颜色竟没有一丝更改

你静若处子
在过滤掉整个夏天的记忆之后
你说 秋天就是秋天
冬天可能还是去年一样的冬天

回忆

闯进梦境的蝶 翩翩欢跃
是的 有蝶的光景于此刻也只能是在梦中
她把春天的气息带到回忆的门槛
而春天里 你似乎还在瞌睡

那些和美的日子 你周围的花都已盛开
她们习惯于裸露般的开放（也可以叫灿烂）
先是梅花
接着是迎春花桃花和梨花

那时 没有谁在意你正在思考什么
反正春天里大家都各自哼唱着自己的歌谣
直到有人把桂花糕摆放在草地之上
就着春风直呼香啊香

如果让我走进同样的场景
我一定是站在拐弯处和你相互凝望
我会设想 每当我举棋不定（也可能是彷徨）
都是你暗中牵手 并引领我走向繁盛的秋天

而其实 你的回忆有着更多的坚守
正如我的回忆总是充满无限的期待
现在 我愿意重申那句有关痛痒的话语
如果爱我 就请你不要离开我

透过玻璃窗看你

反正椅子可以随便转动
思绪可以像四季一样变换
一个方向是美女的背影
另一个方向 就是你绰约的丰姿

在二楼 足以用物理学意义上的高度去俯视
可我总是心生怯懦
我已在暖风里偷窥过春花的秘密
怎能在中秋里觊觎你纯洁的芳香

但我还是透过玻璃窗看了你
因为我看见一两个黑色的鸟儿自远处而来
它们是否会惊扰你午后的梦
或对着你没完没了抒情

我承认自己是在找某种借口
秉性恬静的你 怎会随便被吸引被蛊惑呢
或许只有一个办法可以解决内心的焦虑
不论季节如何变换
这扇白色的窗户 只选择在秋天打开

在某个夏日黄昏的湖边

水波涌动

黄昏以极低的姿态俯下身来
水波涌动 谁是谁的听众
此前 蓝天蓝得如此深沉
阳光明丽 每一朵浪花都兴奋不已

我的姿态更低 浮在水面上
感受着某种力量的托举和游移
水波涌动 我在湖的深处
湖在黄昏的深处

杨柳岸

折杨柳枝 唱浪漫曲
当我被黄昏印在湖边的小路上
此刻 岸是你的
也是我的

不必总说起春天 以及鹅黄
立秋以后 曾经的热烈并没有即刻离开
至少 在这绿荫葱葱的岸边

相拥者　依然沉浸在夏日的情怀

看远山

除非天整个暗淡下来
将你涂抹成夜的一部分　然后把梦交给星辰
你如此静若处子
让我浮躁的心绪　有了进一步惭愧的可能

此刻　我想把自己交付给一朵玫瑰色的云朵
随她到巅峰处引吭高歌
若不能　就随意跌落好了
在黛蓝色的意蕴里　远山堪比天堂

蝉鸣

雷鸣不过是偶尔放大的蝉声
而蝉声　可以一个下午接着一夜地爆发
在整个夏天　所有的树林和广场
一切都被蝉带来的旋风　倾轧或者被覆盖

这是历练了七年之后的结局　喝足了雨水和雪水
甚至还有某个黄昏时分拼杀后的血水
闹中取静　我在意的是昨日的蝉鸣在今天的新意
而你能做的只是对黑暗中的憋闷进行永无休止的报复

湖水源

谁看见一滴水排斥另一滴水
谁看见哪个人不经过湖水和凉风的同意就可以离开
沧浪之水若何

这半边的湖水就可以洗净我被污了的心灵

云龙湖的水啊 不要藏得太深
请将羞涩的目光从低洼的杂石间抬起
顺着楚王的天空寻找你的前世
长剑 以及被长剑点化后的明亮山泉

宋人创意

引丁塘湖之水 将那些碎石和杂草覆盖
徐州就是另一个版本的杭州
此刻 苏太守没有醉意
石狗湖却已兴奋不已

徐州从不缺水 却独少一方润泽灵性的湖面
九百年前的水漫城池
除了留下一条凝聚人心的十里长堤
还有一个浪漫诗人的设想和创意

云龙放歌

行走在山水相拥的云龙大地　每一次都激动不已
那激动不仅来自"一色杏花三十里"的婉约与豪迈
在云龙人的心底　脚下的每一块土地都充满了传奇
——一个个故事令人感动　一项项成就见证着云龙区成长的奇迹

食品城的曙光分外妖娆　彭祖楼顶天立地巍然屹立
这文化兴区之地　从来都是车水马龙川流不息
听　是谁的琴声顺着四季的风款款而来
看　是谁的巨幅山水画轴正展现泱泱彭城的今与昔

忘不了戏马台前那个力拔山兮气盖世的英雄
他永垂历史的霸业令人震颤　他难以割舍的柔肠又那么令人惋惜
如今的戏马台　正打造着面向未来的崭新历史
旗杆高擎处　山间有胜迹　文玩茶酒香　旅人自欣喜

还有让乾隆回头一望的"金窝子"——回龙窝街区
正以文化客厅的自信姿态端坐在徐州的中央
石板路曲径通幽　手工工场里的陈设正述说着工匠人的精神记忆
培育出大师李可染的百年艺专　望着一路之隔的快哉亭充满好奇

从历史深处走来的云龙啊
留下多少千古之谜

当地下军阵的滚滚硝烟在两千年前凝固成一尊尊战俑
楚王仓促间留在洞中的背影至今还令人生疑

历史一定会记住那一年的洪水
当苏太守严阵以待 是勇敢的苏小妹纵身一跃
黄河水终于归入正途 徐州城毅然挺立
如今的显红岛上 苏小小的红衣已化作云霞万里

云龙区不仅有着丰满传奇的历史
这里的每一片山水都无比美丽
大龙湖水草丰美 渔歌唱晚
云龙山狮子山拖龙山劲松挺拔 蜿蜒迤逦

啊！从山水间走来的云龙
让故黄河 三八河 房亭河水系相互融通
昔日的"龙须沟"出落得更加美丽
云龙的百姓怎么说？做一个云龙人 有福气

今天的云龙人 字典里有了更多的词语
市场转型升级 服务集聚区 创新示范区 科技孵化器
棚户区改造 平安云龙 社区治理
工艺博览会推介 四张名片打造 宜居宜商 振兴楼宇经济

行走在云龙 既有万达广场的不夜灯火
还有汉王文化景区的健步快走 轻歌曼舞
既有马四街温暖心田的饣它汤
还有和平大桥斜拉索的现代经典奇迹

讲好云龙人的故事不只在于山山水水
社区里居家养老的愉悦让老人们充满欢喜

邻里中心给老百姓带来更多的便利
一城青山半城湖 云龙人从来没有像今天这样充满豪气

历史中走来的云龙
山水间一天天美丽妖娆的云龙
一个个新名词一个个动人故事里的云龙
古老的现代的婉约的经典的幸福的充满希望的云龙
在今天 已化作一句话：
强富美高新云龙
锦绣前程定可期

一起阅读的日子
——书房志愿者之歌

送你一段静美时光，在徐州二十四小时城市书房
那一刻，没有喧嚣与吵闹，唯有思绪在自由飞翔
茶香袅袅　书香飘飘
让我们手挽手，一起走向诗意的远方
我们是书房志愿者，让我们手挽手，一起走向诗意的远方

陪你一场玫瑰之约，在徐州二十四小时城市书房
那一刻，没有谎言与虚妄，只有爱与美在心中回荡
长路漫漫，征途遥远
让我们肩并肩，共同寻找人生的方向
我们是书房志愿者，让我们肩并肩，共同寻找人生的方向

带你穿越一次唐诗宋词，在徐州二十四小时城市书房
那一刻，无须停留与彷徨，节气茶会教会你辨别每一种芬芳
岁月更迭，寰宇清澈
让我们心连心，一同实现伟大的理想
我们是书房志愿者，让我们心连心，一同实现伟大的理想

分享一课道德讲堂，在徐州二十四小时城市书房
那一刻，没有凡人与小事，活着就是大境界中的雄文华章
洒扫庭院，铺床叠被

让我们恭敬以对，一起延续华夏文化的人文光芒
我们是书房志愿者，让我们恭敬以对，一起延续华夏文明的灿烂光芒

在春天，我们以汉字的名义唤醒第一声鸟儿的歌唱
在夏天，我们以阅读的名义送你第一轮黎明的太阳
在秋天，我们以收获的名义送你第一枚成熟的果实
在冬天，我们以浪漫的名义送你第一片雪花的飞扬
在四季，我们以志愿者的名义送给你吉祥如意 幸福安康

是的！我们是书房志愿者，读者的微笑就是对我们最高的奖赏
是的！我们是书房志愿者，读者的满意让我们的内心更加敞亮
我们是书房志愿者，读者的心愿就是我们再度出发的理由
我们是书房志愿者，读者的赞叹就是我们无怨无悔的磅礴力量

我们是书房志愿者，一起阅读的日子
让生活的每一刻　如此美好
如遇见洞彻黑夜的那一缕温暖的曙光

赞美你！走在新时代大道上的美丽徐州[1]

当一轮朝阳从地平线上冉冉升起
伟大的祖国
我看到一群群和平鸽在温暖的光线里盘旋啁啾
我看到一组组飞驰的高速列车在七彩霞光里正身披锦绣
我还看到
一张张写满笑容的脸庞在清新的空气中呼吸自由

赞美你！走在新时代大道上的美丽徐州

是的 这就是我日夜梦回萦绕的徐州
一个从历史深处从战争硝烟从满目疮痍中走出来的徐州
一个有情有义敢为人先的情义徐州
一个勇立潮头永远走在奋进道路上的雄性徐州

赞美你！走在新时代大道上的美丽徐州

从十几平方公里到三千多平方公里
主城区一天天壮大
从 1.73 亿元到 8000 亿元
淮海经济区中心城市的地位终于得到肯定
从"一城煤灰半城土"到"一城青山半城湖"的华丽转身

---

[1] 本诗写于 2023 年。

让新时代的徐州人终得见山望水

宜居处白云悠悠

74年的坎坷历程

74年的砥砺前行与奋斗

已化成几多荣耀与不朽

赞美你！一个让我们深深依恋的抒情徐州

不是我的心底怎样地激动

是您的美丽妖娆让我重新有了乡愁

不是我的眼睛如何闪烁

是一天天延展的地铁和高架桥拓宽了我内心的宇宙

也不是我手中的相机失去了角度

是美丽乡村建设让山岗田畔沟渠的风光成就了全域旅游

也不是我的双手有着怎样的神奇　数字有情

正是一颗颗跳动的数字图表描绘了徐州74年的辉煌成就

赞美你！走在新时代大道上的美丽徐州

啊！徐州　如果可以　请允许我伫立高高的云端

遥想三十年后的你　将是怎样的锦绣

那一刻　米字型高铁成为现实

那一刻　中心城市的理想已经在古老而现代的大地上绘就

是的　徐州　如果可以　请允许我向大地深处探望

那一刻　八条地铁正幸福自由地穿梭于城乡

那一刻　云龙湖深地实验室早已硕果累累

那一刻　沿着宽阔的"一带一路"徐州的美名将传遍全球

赞美你！走在新时代大道上的美丽徐州

啊！你这红色的 神圣的 雄性的徐州

你这文明的 幸福的 美丽的徐州

我要跪拜在你的热土上 体味永恒的律动

我要借着你青春的光与热 讴歌你的辉煌与不朽

赞美你！走在新时代大道上的美丽徐州

跋
城市·歌者与压卷之作

一

诗人、评论家刘振坤的第三部诗集就要出版了，他委托我为诗集写点什么。说实在的，对此要求一开始颇有些诚惶诚恐，但因为深知无法辜负他的信任，便没有理由谦让与推辞，就答应了。

我从乡下初到这个城市存身时，坐在地铁上，想一想自己在这个城市竟然举目无亲，唯一可以相信的人就是刘振坤。但其实，我与他并不相熟，只是在他的邀请下，在这个城市的一隅参加过一次与诗歌有关的活动，然后要了他的电话号码。在活动中，他怕我拘束与孤独，在安排会务的同时，还抽时间在会场中陪我坐一会儿，不时问些话。是的，仅凭这个感受，我在地铁上拨通了他的电话。随后的事情是，他不仅在生活上常常关照我，并且在写作上大力提携我，倾力为我的作品写解读文章发表在有影响力的公众号上，将我写诗人丁可的长篇评论发在刊物上。尤其是在研究胡弦诗歌的五年间，常常是一个月都毫无进展，是他及时鼓励我、启迪我，并将在网络或杂志上发现的胡弦的诗作随时发给我。

他不只是对我这样好。有一次从乡下来了一位身有残疾的年轻作者到市里参加笔会，活动结束已经是晚上。他问小伙子去哪里住，小伙子说还没找宾馆呢。他就说去家里住吧，不要再花住宿的钱了，待会儿就跟车回家。我目睹了这样的温馨场景，对他更是肃然起敬。

当然，他并不只是关心、鼓励我，在我做事为文欠妥时，他会很严肃地指出来，让我知错，催我上进。这次写跋，是他给我出的命题作文，我如何能推辞呢?

我提及这些,到底要表达什么呢? 古人品评诗文,有知人论世之说;我提及这些,是想说不了解刘振坤的为人,在阅读这部诗集时,就少了一把打开他精神天地的钥匙,就无从了解贯穿在他诗歌写作过程中的精神脉络——对世间苍生的大爱。

二

一座城市要经由诗人的歌唱才会留在文学版图上,留在世世代代人们的心灵上,就像荷马歌唱过的特洛伊,就像李白歌唱过的长安,就像杜牧歌唱过的扬州,就像苏轼和萨都刺歌唱过的徐州。

从刘邦的《大风歌》开始,徐州这座城就在文学版图上留下鲜明的印迹。之后,刘禹锡、苏轼、萨都刺、文天祥一直到现代的郁达夫,都曾写下关于徐州城的杰出篇章。但不总是在每个时代都能留下关于一座城的辉煌诗作,所以每个时代所留下的关于徐州城的优秀诗歌都是弥足珍贵的。

改革开放以来四十多年间,徐州由一座苏北小城变成一座现代化大城市。这种大,不仅表现在它庞大的面积、经济、人口体量上,表现在它先进的工业水平与文化、医疗水平上;更因为它独有的全国性交通枢纽的位置,因为它自古为兵家必争之地,因为它独有的两汉文化遗存,让这种"大"显出不寻常来。四十多年间,这座城发生了翻天覆地的变化,一座有着 2600 多年沧桑历史的城市焕发出从未有过的青春风采,展现出靓丽的青春面容;这座城上演了一幕幕激动人心的时代活剧,也出现了数不清的可歌可泣的人物。这样一座青春之城呼唤着一位诗人去歌唱她。

当刘振坤写下这部《一座城的青春交响》,便是写下了无愧于这个时代这座城的恢宏篇章,便是赓续了歌唱徐州城的历史文脉。

若真的能摒弃厚古薄今的偏颇之见,就会得出这样的结论:正是有了刘振坤的《一座城的青春交响》,我们才可以说——歌唱徐州这座城,我们这代人没有缺席。

三

迄今为止，刘振坤只有三部诗集出版。就是在这三部诗集之间，呈现了一条鲜明的发展轨迹。

在诗集《春天的约会》中，年轻的诗人呈现的还是一个"生活的歌者"形象，他怀着对生活的热爱与感恩深情歌唱生活中的美好事物，春风夏雨、亲人之爱都是他歌唱的重点，尚处于青春写作阶段。只是到了诗集《时间与河流》，诗人才以他抵至炉火纯青的诗艺建立起"城市歌者"的形象。固然，他的诗作内容是广博的，有关于农村生活的，有远方城市风景的抒怀，有对人生进行思考感悟的多组诗篇，但其中对于徐州这座城市的描述与歌唱，才是他作品中最为独特和突出的部分。现在，到了诗集《一座城的青春交响》，他写下了关于徐州这座城的大量作品，而以《新时代的青春交响》《你好，小康徐州！》《我们的山水徐州》为代表的诸多长诗短章，成就了刘振坤自己，也成就了新时期歌颂徐州这座城市诗歌的压卷之作。

这本《一座城市的青春交响》究竟好在哪里呢？

首先，就是宏阔的视野。诗人虽然写出了关于徐州这座城市的杰出诗章，但他的视野绝不仅仅局限于当下的徐州城。从时间这个维度上来看，诗人上起远古洪荒时期，着眼于波澜起伏的数千年的历史风云；中间聚焦于四十多年改革开放的辉煌时代；但是，他的眼睛又是放眼未来的，他确信这座城会有一个更灿烂的未来。从空间这个维度上，他所写的是徐州，不仅是中国的徐州，而且是世界的徐州。打开这本诗集，就会看到有非常多堪称经典的诗句证明这一点，这里不再一一列举。

其次，就是真诚、炽烈的情感。当我们在《无题》中读到"可是 母亲 我想您 / 在这秋凉似冬的夜晚 谁将为您引路 / 那么多年了 始终无法抹去您黄昏时的目光 / 那一刻 您怎样吞噬了太阳 留给我无边的黑暗"，我们能感受到诗人撕心裂肺的亲人之爱；当我们在《你好，小康徐州！》中读到"那时 我将借来全宇宙的光和热 一遍遍讴歌你的辉煌与灿烂"，我们能感受到诗人对徐州这座城发自肺腑的热爱。由于诗人生于斯长于斯，这座城是他的父母之城、亲人之城，而且他自己参与、见证了这座城的变化

一座城的青春交响

与发展，所以他对这座城的情感不仅是炽烈的，也是真诚的。就是这样流淌在书页中的炽烈、真诚的情感，时时扣动我们的心弦。

再次，就是熔炉一样巨大的创造力。很少有人可以像诗人这样处理当下的看似非诗意的事物，那么多的地名被作者熔铸进诗句里；那么多的人物被作者深情讴歌；那么多新鲜的事物在诗人的诗句中获得了诗意的光辉。应当说，这是一种巨大的创造力。

第四，就是纯粹精美、含蓄隽永的诗句。若无这一点存在，上述三点就成了在沙滩上建筑的城堡；但是，刘振坤以经过漫长时光锤炼出来的高超的诗歌技艺，为上述三点打下了极为坚实的基础。在他的笔下，其恢宏气势、呼告式的滔滔不绝的语流，《草叶集》式的超长句子，借鉴自聂鲁达的颂歌内涵开掘方式……都巧妙地融为一体。必须说，这样的诗句是极具艺术感染力的。他在《徐州像杭州了》中这样写历史烟云中的古人："楚王们已习惯了山居生活　穿上金缕玉衣／彻夜长饮　一些石头也不甘寂寞　迎亲　欢舞／甚至自己抬着自己周游列国／再往前　有人唱大风歌　有人唱垓下歌／有人炼丹　有人不停念着彭铿的名字"；他在《穿越汉中（组诗）》这样叙写日常的日子："我也没有逃脱这样的俗套／借着淋浴的机会　将往事洗了又洗／然后披着棉布浴巾／在窗前点燃起世俗的烟火"；他在《新时代的青春交响》中这样描述地铁建设施工的场面："虽然已是初冬　无名山公园的地铁工地上依然机器轰鸣／此刻　塔吊正在阳光下呼唤盾构的乳名　这样的情景多么难忘啊！／一个在晨曦里遥望远方　一个在黑暗中锻造无悔的誓言"。我想，毋庸再举例了，若想真正体会刘振坤诗歌的美，唯有打开这部书细细品读。

四

最后，必须说到的是，刘振坤作为城市歌者，通过歌唱徐州，也歌唱了我们这个伟大的国家、这个伟大的时代。

张切

2024 年 3 月 5 日